COLLECTION FOLIO

Isabelle Jarry

J'ai nom sans bruit

Gallimard

Isabelle Jarry est l'auteur de *L'homme de la passerelle* (prix du Premier roman, Seuil, 1992), *L'archange perdu* (Mercure de France, 1994), *Le jardin Yamata* (Stock, 1999), *George Orwell, cent ans d'anticipation* (Stock, 2003), de récits de voyages et d'ouvrages consacrés à Théodore Monod.

pour Aglaé

J'ay nom sans bruit
Feuille sans fruit,
Dures espines me sont flours :
Ainsi me gouvernent amours,
Sans avoir autre saufconduit :
Le jour m'est nuit.

MARTIN LE FRANC
(1410-1461)

1

Il y a quelque temps, je suis partie vivre à la campagne. Le déménagement n'a pas été bien difficile. J'ai pris mon sac, où j'avais fourré tous mes vêtements et les rares objets dont je ne voulais pas me séparer. Puis je suis allée me poster à l'entrée de l'autoroute A6 et j'ai attendu qu'un camion débouche de la porte d'Orléans et s'arrête à dix mètres devant moi. C'était un chauffeur bulgare qui transportait des ordinateurs, il venait des Pays-Bas et se rendait en Italie. Il ne savait dire que « Tour Eiffel, ha ! ha ! » et il buvait à même la bouteille un liquide transparent qui pouvait être du gin, de la vodka ou quelque alcool de grain des plaines de la Marica.

Je l'ai abandonné après Nemours, non parce qu'il était ivre ou de mauvaise compagnie, mais parce que j'empruntais l'A77 vers le Centre et que nos routes se séparaient là. J'ai poursuivi dans une berline bleu nuit de bon aloi, conduite par un personnage ambigu, qui se disait pianiste mais devait être commissaire-priseur, ou peut-être homme de loi. Je dirais notaire, tout compte fait.

Il m'entretenait de son Bösendorfer sur fond de concerto mozartien, un de ceux que je connais bien justement, et quand je lui ai demandé qui jouait, il a hésité un instant, j'ai cru qu'il allait dire « c'est moi », il s'est retenu juste à temps, il a bien fait. Il s'est contenté d'allumer une cigarette et de me souffler la fumée sur les genoux. Je n'aimais pas ce type, mais sa voiture roulait vite. Il y avait longtemps que je n'avais pas fait de stop. Quand il a dit « vous n'avez pas peur de voyager seule, comme ça ? », j'ai su à quelle espèce il appartenait et, avant même que la phrase suivante arrive, du genre « vous ne craignez pas de vous faire euh… » ou « il paraît que les filles qui font du stop sur l'autoroute… », j'avais sorti mon petit couteau de poche et je me nettoyais les ongles avec, négligemment, en répondant : « Oh ! vous croyez ? ça n'arrive que dans les films, ces histoires. » J'avais tiré la lame principale, et puis la plus petite de l'autre côté. Je lui lançais de brefs coups d'œil, en souriant. Je pensais à Nisa, et ça me donnait la force de rester calme. Le concerto s'est arrêté et il a attrapé une autre cassette, des études de Chopin qui ont un peu détendu l'atmosphère.

Il y avait beaucoup de vent ce jour-là et les arbres plantés sur les bas-côtés étaient malmenés, secoués violemment par les bourrasques.

— Où allez-vous ? demanda-t-il entre deux mouvements.

— À la campagne, ai-je répondu. Je vais m'installer à la campagne.

— Vous avez une maison quelque part ?

— Par là, ai-je indiqué en montrant l'est, sur ma gauche.

— Où sortez-vous ?

J'avais compris « d'où sortez-vous », si bien que je ne répondis pas tout de suite, estomaquée par sa grossièreté.

— À quelle sortie ? répéta-t-il, et j'entendis rétrospectivement sa première question.

— Je ne sais pas exactement, si vous avez une carte je vais vous le dire.

J'ai retrouvé assez vite le village dans les plis du papier, le hameau lui-même n'était pas mentionné. Le faux pianiste s'est mis à discourir sur la valeur de l'immobilier, les Hollandais et les Anglais qui achetaient les fermettes, la flambée des prix. Notaire, je ne m'étais pas trompée. Les mains blanches et soignées s'agitaient au-dessus du volant tandis qu'il parlait. Sa chevalière en or incrustée d'onyx noir lançait des éclats quand le soleil frappait dessus. Je me taisais, je n'avais rien à répondre. J'étais à la recherche d'une maison, d'un toit, pas d'un placement. Le seul placement que je connaissais, c'était celui de Nisa, que je n'avais pas vue depuis deux mois.

2

Je m'inquiétais pour l'heure de savoir comment j'allais rejoindre la maison et en effet, ce fut plus long que prévu. Lorsque le notaire m'eut déposée à l'entrée de la bretelle qui rejoignait la route que je devais emprunter, je me suis trouvée dans un de ces nouveaux aménagements de voies truffés de ronds-points et d'axes adjacents, où ne circulent dirait-on que des camionnettes de livraison et des autochtones qui font le chemin quatre fois par jour, toujours le même itinéraire, comme sur un rail, sans même regarder autour d'eux. Personne ne s'arrêtait. J'ai marché dans un paysage de remblai à demi éventré, planté d'arbustes étiques et de hangars fermés, gigantesques cubes de tôle posés sur la terre nue. Pas âme qui vive.

Une fois sur la départementale, le décor s'est amélioré. La campagne prenait le pas sur le sinistre paysage suburbain. Je me suis assise sur le bord de la route, dans l'herbe épaisse du bas-côté et j'ai pris un peu de repos. À ma gauche s'étendaient des prairies, des pâturages dans lesquels paissaient des vaches blanches. Au loin des bois moutonnaient sous la ligne d'horizon, qui prenaient déjà leurs teintes d'automne. Voilà, me suis-je dit, je suis à la campagne. Il y avait dans l'air un parfum de fumée et de feuilles mouillées, que j'ai aspiré à grandes lampées. Ensuite j'ai marché de nouveau jusqu'à ce qu'une fourgonnette s'arrête à ma hauteur. C'était une grosse dame entre deux âges, aux bouclettes poivre et sel. Elle m'a fait signe de mettre mon sac à l'arrière et lorsque j'ai ouvert le hayon, c'était plein de cageots de poires. « Je m'en vais porter mes fruits à la coopérative », a dit la dame tandis que je prenais place sur le siège avant. Elle avait un bel accent de la région, tout en rondeurs. Elle portait un gros pull-over tricoté en laine rouge foncé et par-dessus un gilet matelassé, sans manches.

— Où c'est que vous allez ?

— À côté de Saint-Loup.

— Vous avez raté le car de midi, pas vrai ? Le prochain est à six heures ce soir. Je vais vous laisser à Saligny, ça vous fera point trop de marche jusqu'à Saint-Loup.

J'ai fait les cinq derniers kilomètres à pied. Je suis arrivée fourbue à la maison, après m'être un peu perdue. Mon cœur battait à se rompre, autant en raison de l'essoufflement qu'à cause de l'émotion qui s'était emparée de moi. Il allait falloir trouver les clefs, maintenant.

J'ai cherché partout, d'abord dans les endroits évidents, comme la boîte aux lettres, les pots de fleurs, les trous dans le mur, puis dans la cave dont la porte n'était pas verrouillée, dans la petite serre aux vitres cassées. J'ai exploré chaque recoin, en vain. Les deux maisons les plus proches étaient fermées, les clefs ne se trouvaient donc pas chez les voisins. L'après-midi finissait, il commençait à faire sombre. Je m'étais si bien démenée depuis mon arrivée que je n'avais pas senti la fraîcheur, mais là, assise sur les marches du perron, désemparée, je frissonnai soudain, comme si tout le froid du ciel bleu de Prusse venait de s'abattre sur moi. Je sentais la maison dans mon dos, compacte, close, obtuse. J'allais entrer, je le voulais et ce n'était pas une serrure qui allait m'en empêcher.

Je me souvenais que la porte arrière de l'atelier se fermait de l'intérieur par un simple crochet. Elle venait se plaquer contre le chambranle de pierre si bien que, à l'extérieur, elle se trouvait parfaitement ajustée à l'ouverture. Il m'aurait fallu une lame mince et longue, mais je n'avais rien qui ressemblât à ça. Une spatule à crêpes aurait fait l'affaire. J'ai essayé avec mon couteau, il était trop court. Un seau servait à recueillir l'eau de la gouttière, j'ai arraché l'anse métallique au prix de gros efforts. Elle n'entrait pas dans la fente. J'ai forcé et je n'ai réussi qu'à en coincer l'extrémité entre le panneau de la porte et l'encadrement.

Il faisait presque nuit, je n'avais pas mangé depuis le matin, j'étais épuisée. J'ai bu un peu d'eau de pluie contenue dans le seau. Elle était froide et je l'ai sentie descendre le long de ma gorge et de ma poitrine, jusqu'à mon estomac. J'ai rassemblé mes forces et j'ai donné un violent coup de pied dans la porte, quelque chose est tombé juste à côté de moi, frôlant ma jambe. C'était la lourde clef de l'atelier. J'ai levé les yeux et n'ai rien distingué dans le mur lisse. On aurait dit que quelqu'un l'avait lancée du toit. Je me suis précipitée de l'autre côté du bâtiment pour ouvrir la porte.

À coup sûr, les clefs de la maison étaient cachées là-dedans, mais il faisait trop sombre désormais et je n'avais pas de lampe de poche. Tout un bazar régnait dans la pièce, outils, vieux meubles, planches, caisses. J'allais passer la nuit là, en attendant que le jour revienne. J'ai posé mon sac sur un coffre et j'en ai sorti les vêtements les plus chauds que j'avais emportés, puis je me suis couchée dessus, avec mon manteau en guise de couverture. Malgré la fatigue, j'ai mis longtemps à m'endormir. J'entendais des bruits, des grattouillis, des ffuttt, ffuttt, la lumière de la lune qui pénétrait par la lucarne projetait sur le mur l'ombre floue des feuilles agitées par le vent. J'avais froid et faim, j'avais peur aussi.

L'aube ne m'a pas réveillée, la lumière entrait

trop chichement dans l'atelier, mais je suis sortie du sommeil au moment où la cloche du village voisin sonnait l'angélus. Il devait être sept heures. J'ai dû pousser un gémissement en me redressant, sous l'élancement des courbatures. Mon cœur avait déjà bondi dans ma poitrine, en même temps que cette étreinte qui tous les matins depuis des semaines me cueillait au réveil, faite de la douleur de ne pas avoir Nisa près de moi, et de la terreur de ne pouvoir la retrouver bientôt. Une poigne d'acier me tordait à l'intérieur de la cage thoracique, serrant dans ses doigts glacés poumons et cœur ensemble.

D'un bond j'étais debout et j'ai ouvert grand la porte de l'atelier, l'air du dehors s'est engouffré, piquant et froid, j'ai pris une profonde inspiration tandis que pénétrait à l'intérieur la lumière pâle du jour, au ciel des nuages faisaient une couverture compacte qui arrêtait les rayons du soleil. J'ai entrepris de chercher le trousseau de clefs et l'ai découvert assez vite, au fond d'un petit tiroir rempli de longues vis et de clous à moitié rouillés. Les clefs ont tourné dans la serrure et ouvert le verrou de la porte d'entrée, sans la moindre résistance.

3

J'étais déjà venue une fois, six ou sept ans auparavant, avec Philippe qui voulait me montrer un des lieux de son enfance. J'avais gardé intact le souvenir d'une campagne vallonnée, nonchalante, aux paysages ouverts et aux horizons vastes, toujours bleutés. Nous y sommes restés plusieurs jours, ce devait être en mai, nous dormions à l'hôtel de la bourgade voisine et passions nos journées dans le jardin en fleurs, n'entrant dans la maison qu'épisodiquement, sans y demeurer vraiment. Philippe avait un peu jardiné et dans l'atelier, il avait vaguement mis de l'ordre dans les outils et fouillé dans les grandes armoires qui tapissaient le fond de la pièce. Il était déjà malade à l'époque et, même s'il ne le savait pas encore, quelque chose en lui devait le pressentir qui le menait vers les choses de son enfance, sur les traces de moments heureux, à la recherche de souvenirs que certains lieux faisaient ressurgir.

Dans la prairie nous avions étendu des couvertures et nous restions des heures dehors, à écouter les oiseaux chanter, à paresser au ras des pâquerettes et des pissenlits. Je lisais beaucoup, et quand je ne lisais pas j'écrivais de petits poèmes, je griffonnais alors énormément de vers libres, en strophes courtes, des dizaines par jour. J'étais très amoureuse de Philippe, nous nous connaissions depuis peu et être avec lui me suffisait, sa présence me comblait, rien ne pouvait me paraître sans grâce dès lors qu'il était à mes côtés.

Je me rappelais des journées très ensoleillées, lumineuses, une campagne étincelante, des verts et des jaunes vifs, et l'odeur fatiguée de cette petite maison aux murs épais, aux pièces ombreuses et fraîches dont les meubles disparaissaient sous des housses blanches aux allures de fantômes. Partout la même odeur de renfermé, la poussière en couche épaisse et les toiles d'araignées. Tout était comme figé dans un sommeil éternel. La maison n'avait pas été habitée depuis des années.

Les grands-parents de Philippe y avaient vécu quelque temps au début de leur retraite avant de se rapprocher de la ville et de leurs enfants. La maison était trop petite pour une famille, trop isolée pour une personne seule, et je ne sais pourquoi on la disait dangereuse pour les enfants, sans doute en raison de la rivière qui coulait en contrebas du jardin, cachée dans les hautes herbes et les roseaux.

Autour la campagne était fraîche et pimpante,

frémissant de vie nouvelle et des bruits de la nature, vent dans les branches, cris des hirondelles tournoyant en bandes joyeuses, gazouillis de la rivière, chants des mésanges, bourdonnement des abeilles. Des prés, des haies et des bois se partageaient le paysage jusqu'à l'horizon lointain. Çà et là de petits groupes de maisons, trois ou quatre, parfois une dizaine, se nichaient dans les creux ou à mi-pente d'un vallon. Les villages occupaient le sommet des collines, d'où dépassaient des clochers pointus. Le hameau de La Varenne, au bord d'une petite route où ne circulaient que de rares véhicules, comprenait trois maisons. Celle des grands-parents de Philippe était la plus éloignée et le terrain qui l'entourait la protégeait des regards. Le jardin, vaste et dégagé, descendait en pente jusqu'à la rivière. La façade était exposée à l'ouest, face au coucher du soleil. Depuis le seuil, aussi loin que la vue portait, ce n'était qu'une succession de prés et de champs, qu'arrêtait la ligne d'un bois, au loin. La maison elle-même ressemblait à une maison de poupée, tout y était petit et étroit, comme taillé pour des lutins.

Nous n'y étions jamais revenus, et personne d'autre certainement n'y avait mis les pieds depuis. Le grand-père était mort, la grand-mère finissait ses jours à plus de trois cents kilomètres et aucun des oncles et tantes de Philippe ne s'intéressait à un aussi modeste patrimoine.

À l'intérieur c'était sombre et l'air sentait le moisi, j'ai ouvert la fenêtre de la cuisine, poussé les volets, fait le tour des pièces. Ce qui dans mon souvenir était un endroit charmant, une maisonnette perdue au creux d'un vallon, noyée dans la verdure et la lumière, apparaissait maintenant comme un lieu étriqué et froid, empreint de tristesse et de mélancolie. Au rez-de-chaussée il y avait trois pièces, la cuisine, équipée d'un poêle en fonte à l'ancienne, à la fois chaudière et cuisinière, un salon encombré de meubles où se trouvait la cheminée, et une chambre, tendue de tissu rouge foncé. On accédait au grenier par une trappe ouverte dans le plafond de la cuisine, à l'aide d'une échelle de meunier. Dehors, en haut des marches qui menaient au seuil, on avait aménagé un petit cabinet de toilette extérieur, avec une douche et un lavabo. Les toilettes jouxtaient l'atelier, dans un petit cabanon aux murs de pierres sèches, certainement un ancien abri à cochon, ou un poulailler. Dans la maison, les armoires étaient gorgées de linge, les vaisseliers remplis de piles d'assiettes et de services de verres, et partout flottait cette odeur d'usure et d'abandon, d'air confiné qui prenait aux narines.

J'avais beau savoir pourquoi j'étais venue ici, je me sentais soudain découragée, je regardais par la fenêtre la campagne d'octobre qui s'étendait, brumeuse et inhospitalière, silencieuse. J'étais seule au monde. À Paris, la foule et le bruit masquaient l'isolement, ici il me sautait au visage, sauvagement, sans plus de frein à sa brutalité. Tout à coup, je n'étais plus si sûre de moi, il me semblait qu'une porte venait de claquer dans mon dos, me laissant prisonnière, loin de tout ce qui m'était familier et plus loin que jamais de Nisa.

Je ne connaissais personne ici, je n'avais ni voiture ni argent, je ne savais rien faire, je n'avais jamais bricolé, jamais fabriqué le moindre objet, jamais planté la moindre graine, je n'avais aucune expérience de la campagne. La masse insurmontable des obstacles qui se présentaient à moi m'apparaissait comme la suite logique de la descente aux enfers amorcée depuis quelques mois. Je ne m'étais pas encore habituée à cette dégringolade dans un puits sans fond, mais je tombais désormais sans panique, acceptant la chute et parant au plus pressé, chaque jour étant tout entier consacré à trouver l'énergie de survivre jusqu'au lendemain.

Depuis que Philippe était mort, je n'étais plus qu'une ombre à la recherche de quelque chose de plus ténu encore qu'une silhouette sombre découpée dans la lumière, je ne cessais de chercher autour de moi les morceaux éparpillés de mon être, et plus je tentais de les ramener à moi plus ils se dispersaient, s'éloignaient, comme si aucune cohésion antérieure ne pouvait suffire à les rassembler. Je vivais dans une sorte de panique stupéfaite, d'effroi calme et muet, je n'avais plus de prise sur rien, j'attendais des jours meilleurs sans même savoir si j'avais quelque raison d'espérer.

4

Certaines sensations, pourtant aussi volatiles qu'un parfum très léger, aussi impalpables et indicibles que la douceur de l'air ou la texture d'un moment, restent ancrées dans le souvenir, associées de manière permanente et indélébile à un lieu, une saison, une personne. Ainsi le premier séjour que j'avais fait à La Varenne m'avait profondément marquée, sans doute parce que l'état d'allégresse dans lequel me plongeait mon nouvel amour aiguisait tous mes sens et donnait à chaque expérience que je vivais une couleur exceptionnelle. M'y trouver à nouveau, bien que tout alors eût changé, me ramenait sur les traces de cette perception initiale que rien ne pouvait tout à fait altérer. Sans cesse je revenais à ces jours heureux et au temps, désormais repoussé à cent lieues dans le passé, où la poésie m'accompagnait partout.

J'ai toujours écrit des poèmes. Aussi loin que je puisse me souvenir, je me revois bataillant avec les pieds et les rimes, petite cela m'amusait beaucoup, j'étais assez systématique, poèmes à trois vers, à quatre, à cinq, à six, rimes en *on*, en *eille*, en *aire*, je m'enivrais d'alexandrins, mais aussi d'octosyllabes, de décasyllabes et même de monosyllabes. J'écrivais des sonnets, des rondeaux, des villanelles et quantité de choses qui n'ont pas de nom parce qu'elles ne répondent à aucune règle enregistrée.

J'ai voulu très tôt y consacrer ma vie. Ce que j'ai fait, durant les années de lycée, puis à l'université où je me suis penchée avec émerveillement sur de très vieux poètes, morts depuis des siècles. Je noircissais dans le même temps carnets et blocs avec entrain, mon inspiration se mélangeant à l'enthousiasme des premières découvertes. Non seulement je ne doutais de rien concernant la source où je puisais inlassablement et qui me paraissait intarissable, puisque les mots eux-mêmes servaient de réservoir, mais je ne me demandais pas non plus quel avenir était réservé aux poètes et à leur production. Me préoccuper de cela me semblait inutile et vain, voire complètement déplacé dans le mouvement que j'avais engagé, et qui dépassait largement les contingences matérielles de la vie quotidienne.

Je n'ai jamais eu l'intention de faire autre chose qu'écrire. Je niais farouchement la réalité qui veut que l'on doive gagner sa vie, travailler, avoir un métier. Je refusais d'en tenir compte, persuadée que l'on pouvait tenir à distance cette contrainte, pour peu qu'on en eût la ferme résolution. De la même façon, je ne voulais en aucun cas subir la tyrannie de l'argent et envisager l'existence sous l'angle unique d'un compte en banque à remplir. L'exercice de l'art et celui de la liberté sont en liance étroite et serrée, ils se pratiquent dans la même ascèse et le même refus des aliénations de toutes sortes. Je ne me posais pas la question de savoir comment les choses se passeraient *réellement*, tout simplement parce que je ne concevais pas que le matériel puisse venir se mettre en travers de mon chemin.

Je ne quittais pas des yeux cette route que j'avais décidé de suivre et j'avançais, un pas après l'autre, dans la direction que j'avais choisie. Tout le reste, je ne le voyais pas. Je n'avais pas d'argent, je m'en passais. C'était évidemment une position philosophique autant qu'artistique. Sans doute la fréquentation des poètes anciens m'avait ainsi donné le goût de l'indépendance, et s'ajoutait aussi certainement la sensation de vivre dans un pays si riche que les miettes de cette exorbitante abondance pouvaient suffire à la survie de ceux qui se trouvaient aux marges, par le seul éclaboussement des paillettes d'or jaillissant des coffres remplis. Enfin il m'apparaissait comme une mission élevée de se consacrer à un art dont la nature supérieure donnait à l'être humain sa dimension d'exception. Et le monde dans lequel j'étais venue me semblait en grand besoin de poésie.

Ce n'est pas que je considère mon siècle comme inintéressant ou vil ou méprisable, mais la poésie est un des piliers de cet édifice et il faut bien que quelques-uns s'y adonnent, sous peine d'écroulement de l'ensemble. Curieusement, très peu de gens comprennent cela, et il est quasiment vain de l'expliquer. On s'attire moqueries, et parfois insultes à peine voilées.

Pour une raison que je ne m'explique pas, l'immense majorité des gens ne conçoit pas l'utilité de la poésie. Il est dérisoire dans ces conditions d'aller leur expliquer que sans elle le monde court à sa perte. C'est généralement qu'ils ignorent comment ça tient, comment ce qu'ils appellent la réalité reste debout alors qu'elle devrait n'être que chaos et désordre indescriptible, sans quoi ils abandonneraient l'idée que leur vie suit un chemin linéaire et que leur existence est gouvernée par une finalité objective. Seules la poésie et la littérature résistent aux vents puissants qui déracinent et arrachent, aux cyclones qui viennent tout balayer et bouleverser, aux cataclysmes qui transforment en poussière les rocs les plus résistants. La force qu'elles opposent est tout simplement prodigieuse, parce qu'elle se situe sur un terrain qui relève d'un autre ordre, l'ordre cosmique du monde, j'entends par là la régulation de ce qui n'est pas matériel, mais qui fonde le sens, la signification profonde des choses, leur valeur absolue.

Voilà dans quel état d'esprit je me trouvais lorsque j'ai rencontré Philippe. Je rédigeais alors ma thèse et je passais le plus clair de mon temps en compagnie de grands personnages. Villon, Clément Marot et Jean de Sponde, Marguerite d'Angoulême et Joachim Du Bellay m'étaient plus familiers que n'importe lequel de mes contemporains. En quelques jours, Philippe s'installa au centre de ce cercle étroit. Non qu'il aimât la poésie plus qu'un autre, mais il avait, comme moi, choisi de considérer l'art comme la seule lecture et l'unique écriture du monde. Il était photographe. Il ne photographiait pas les paysages, ni les gens, ni les scènes de la vie quotidienne, ni l'actualité, ni la guerre, ni les animaux, ni les objets, ni les bâtiments. Il photographiait l'immatériel. Ce qui ne se voit pas. Et, si étonnant que cela puisse sembler, cela apparaissait sur ses clichés, on voyait tout à coup la légèreté et la grâce, le vertige, la joie, le désir et l'attente, l'inquiétude, le repos. Il n'y avait pas de mots, mais ses photos disaient tout cela.

Les images de Philippe ont eu un effet bouleversant sur ma poésie. D'un seul coup je me suis dégagée de l'académisme dans lequel me plongeaient mes auteurs favoris et je me suis libérée sinon de la « matière », du moins d'un certain carcan qui me retenait. La passion joua certainement un rôle dans ce brusque élan de mon imagination vers des formes plus libres, plus audacieuses. Je n'en revenais pas d'avoir pu vivre sans lui. Qu'il eût existé quelque part et que je ne l'aie pas connu. Que nos esprits, nos corps et nos cœurs aient pu être si proches sans être réunis, qu'un prétexte aussi hasardeux que celui qui l'avait placé sur mon chemin ait pu seul être à l'origine de notre rencontre. Surtout, pour la première fois, je découvrais quelqu'un au diapason de mes pensées, de mes principes de vie et de mes préoccupations. Nul besoin d'expliquer, le moindre échange était limpide et transparent, nos cœurs battaient à l'unisson, nos esprits également, de la façon la plus évidente.

Rien ne nourrit mieux l'inspiration que l'amour. La souffrance peut la stimuler, rarement l'épanouir. L'amour la transcende, lui fait pousser des ailes. Ma vie entière était devenue un poème. Toute expression, même triviale et commune, se transformait sous ma plume en poésie. Philippe m'offrait l'absolu, en me rendant plus poète que jamais. Les mots volaient autour de moi comme des nuées d'oiseaux multicolores, je les attrapais au vol, ils me suivaient, pépiant à mes oreilles, les uns affolés les autres tranquilles, certains lourds d'autres légers. Tous les sentiments m'étaient révélés, la douceur comme l'angoisse, les émotions les plus vives, de l'extase à la profonde peine existentielle que l'on ressent quand on aime, les sensations infimes ou violentes, et l'incroyable perception de tous les sens, soudain infiniment développée.

Ma rencontre avec Philippe me projeta dans un engagement plus radical encore. Je ne doutais pas auparavant de ce que j'avais résolu, mais je trouvais désormais, autant dans sa personne que dans ses photographies, la confirmation de ma ligne de conduite. On pouvait dédier sa vie à l'art et trouver néanmoins sa place dans le monde.

5

Tout d'abord, je n'ai touché à rien dans la maison. Il aurait fallu faire un peu de ménage, mais je repoussais toujours au lendemain. Je ne parvenais pas à me mettre en tête que j'allais rester, habiter ici m'apparaissait encore comme une idée presque saugrenue, improbable. Je me sentais de passage, en visite. Les premiers jours, j'ai dormi tout habillée sur le divan du salon. Je n'imaginais pas me mettre au lit pour de bon. C'était la parade que j'avais trouvée au sentiment de découragement qui s'emparait de moi chaque matin, lorsque je sortais du sommeil et que m'assaillaient l'odeur rance de la maison et l'opacité du silence.

Le plâtre des murs se détachait en plaques qui se délitaient au sol en éclats, puis en fine poussière. Par endroits la sciure tombée d'un trou de ver depuis les poutres du plafond formait de petits cônes sur le sol, que je contournais, sans songer à les balayer. Toute cette usure, cette détérioration me dérangeait, mais je ne me décidais pas à y mettre un terme. Comme s'il n'avait pas été possible de passer d'un extrême à l'autre, des semaines passées dans la rue au confort d'une maison douillette, propre et accueillante. J'étais heureuse d'avoir un toit sur ma tête, une vraie salle de bains, même si elle était glaciale le matin, une porte à fermer derrière moi, des fauteuils où m'asseoir, mais je ne pouvais en prendre possession aussi rapidement que si j'étais arrivée d'une autre maison. J'assurais le transit dans la poussière et la saleté, apprivoisant peu à peu mon nouveau cadre de vie.

Il y avait dans la cuisine quelques conserves, lentilles au lard, choucroute, pâté, petits pois, sardines à l'huile. La plupart affichaient une date de péremption depuis longtemps dépassée… Je les ai mangées. J'ai mangé également les pâtes, le riz, la sauce tomate, les confitures et les biscottes, le sucre. J'ai utilisé le café soluble, le chocolat en poudre et les sachets de thé. J'allais acheter du pain au village, et tout cela m'a nourrie durant les deux premières semaines environ. Si bien que je n'ai pas fait de cuisine, ni de vaisselle pendant ce temps. Je mettais les boîtes à chauffer directement sur le gaz, je mangeais les pâtes à même la casserole. Peu à peu je me suis enhardie à sortir du vaisselier une assiette, un verre, et à manger assise à la table du salon, plutôt que debout dans la cuisine.

De la même façon, j'ai fini par prendre un balai

et par enlever toute la saleté qui jonchait le sol, un mélange de poussière, de terre rapportée sous les chaussures, de plâtre effrité, d'insectes morts. J'ai enlevé les housses des fauteuils, j'ai essuyé les meubles avec un chiffon, parfois je les ai lavés à l'éponge. J'ai secoué les tapis dehors. Ensuite seulement j'ai fait le lit et j'ai dormi dans des draps, que j'avais dépliés et étendus sur l'herbe au soleil, un jour où il faisait très beau.

Les premières semaines, je passais la plupart du temps dehors. C'était le début de l'automne, la nature revêtait ses habits d'or et de feu et il y avait, certains jours particulièrement ensoleillés, une lumière magnifique qui donnait aux paysages une beauté bouleversante. Il y avait longtemps que je n'étais pas venue à la campagne et la splendeur des couleurs m'éblouissait, en même temps qu'elle me plongeait dans une mélancolie profonde. Ne pouvoir partager cela avec Nisa me perçait le cœur et le crépuscule de la nature, lançant ses derniers feux avant de s'enfoncer dans le gris de l'hiver, prenait alors une tonalité poignante, qui faisait lever en moi la mémoire de tous mes morts. Je pensais à Philippe bien sûr, mais aussi à tous ceux qui avaient disparu au fil du temps. Et il m'arrivait, alors que je marchais sur les chemins ou à travers les prés, de me retrouver en larmes, la gorge nouée par le chagrin, le corps secoué de sanglots.

J'ai beaucoup marché les premiers jours. Je partais et suivais les petites routes, toutes ces voies cantonales, vicinales et communales qui sillonnent le pays, enserrant les vallées et les collines d'un filet arachnéen. J'allais au hasard, prenant à droite, à gauche, au gré des bifurcations et des pentes. J'ai découvert le vide et le silence de la campagne, ce profond endormissement dont on ne sait s'il a saisi l'en-dehors des villes depuis que les paysans s'en sont allés, ou s'il a toujours existé, de tout temps, mais qu'on l'a oublié. Même les villages paraissaient déserts. Il y avait bien des maisons, des fermes, des rideaux aux fenêtres, un léger panache de fumée sortant d'une cheminée, çà et là, mais on ne voyait personne aux abords, comme si les hommes avaient abandonné le terrain, ne laissant de leur existence passée que des signes désuets, obsolètes, périmés.

De temps en temps, je croisais une voiture, débouchant brusquement au détour d'une route sinueuse, ou bien un tracteur, un de ces tracteurs modernes monté par un jeune fermier au regard absent, centaure des temps nouveaux, homme-machine sans sourire. Parfois encore je distinguais, à travers le reflet d'un carreau, la fugitive silhouette d'un visage qui se retranchait dans l'ombre, à l'abri.

J'ai vu l'abandon, les toitures usées, les volets clos, les maisons fermées, les jardins couverts d'herbe haute, les arbres envahis par le gui, le lierre. J'ai vu les fleurs faner dans les jardins, des dahlias et des cosmos multicolores, des roses que personne ne venait cueillir, les fruits grossir aux branches des arbres, mûrir, puis tomber, sans que personne vînt les ramasser. J'ai cueilli des poires, des pommes, des noisettes, des noix, des châtaignes, j'ai mangé sur le bord des routes des mûres et des raisins acides, des figues violettes, des fraises des bois, j'ai rempli des paniers de champignons. J'ai fait des provisions.

J'ai marché sur toutes les routes des environs, pas un sentier où je ne sois passée. Il m'est arrivé de ne pas croiser une voiture de toute la journée. Des piétons, il n'y en a plus du tout. De rares bicyclettes, montées par de vieux messieurs en cote bleue et casquette plate. Jamais de cafés, parfois une boulangerie.

On aurait dit que la vie humaine s'était arrêtée, qu'elle avait abandonné le terrain aux animaux et à la végétation. Le calme et le silence n'étaient troublés que par le bruit d'avions de chasse supersoniques qui traversaient le ciel en couple, vrombissant telle une fusée en route vers sa cible. L'humanité s'était volatilisée, et tout ce qui l'entoure et la concerne ordinairement. Ainsi ne rencontrait-on pas de commerces et quand il s'en trouvait les rayons étaient vides, comme ceux de la boulangerie de Saint-Loup où ne s'alignaient sur les étagères jamais plus de trois pains et quelques maigres baguettes. Pour moi qui avais renoncé à acheter quoi que ce soit, ou presque, l'absence de produits de consommation dans un rayon relativement large (la première ville était à dix kilomètres) était une heureuse surprise. J'avais pris l'habitude à Paris de me passer de tout et ici, en comparaison, je jouissais d'un confort inouï. Non seulement j'avais une maison, mais elle renfermait presque tout ce dont on peut avoir besoin au quotidien. Seuls manquaient le chauffage et l'électricité, l'eau chaude et la lumière. L'eau, je la faisais chauffer sur la cuisinière. Le soir, j'allumais des bougies et du feu dans la cheminée. Je me couchais tôt.

6

J'ai vécu dans la rue pendant près de deux mois. Je n'avais pas d'autre choix. Et puis ça m'était égal. J'avais perdu ce que j'avais de plus cher au monde, peu m'importait ce qui pouvait advenir. Je n'ai même pas cherché d'autre solution. Peu avant l'expulsion, une dame était venue chercher Nisa et l'avait emmenée. La même dame, quelques jours plus tôt, m'avait convaincue de la confier aux « instances compétentes », comme elle le disait d'une voix pointue. Dans l'état où j'étais, on m'aurait convaincue de n'importe quoi. Accablée par la mort de Philippe, épuisée par les dernières semaines de son agonie durant lesquelles je l'avais veillé presque jour et nuit, incapable de faire face aux questions de Nisa que je ne pouvais que serrer dans mes bras en sanglotant, je voyais avec angoisse le moment où j'allais me retrouver à la rue avec une petite fille de cinq ans. Le chagrin et l'abattement obscurcissaient mes idées et m'ôtaient toute clairvoyance.

J'avais laissé partir Nisa en pensant que cela valait mieux pour elle.

Le lendemain soir, les huissiers étaient chez moi. Je compris, un peu tard, qu'ils n'attendaient que le feu vert des « instances compétentes ». Tant qu'elle était avec moi, ils ne pouvaient pas me jeter dehors. Il y avait six mois que le loyer n'était pas payé. Le courrier n'apportait plus que des rappels de factures impayées et des lettres de créanciers. Le notaire qui réglait la succession de Philippe m'avait assuré que le petit héritage qu'il laissait me parviendrait d'ici à quelques semaines. Il me restait quelques billets et un peu de monnaie, c'était là toute ma fortune. Je me suis retrouvée à la rue, dans un état d'hébétude invraisemblable, presque anesthésiée.

J'étais sur une avenue et je marchais, pas vite parce que je n'étais pas pressée. J'en voyais d'autres, avec leurs gros sacs, leurs chiens parfois. Je vais rentrer à la maison, c'est ce que je me répétais. Je vais rentrer à la maison. Mais je continuais à marcher dans les rues familières, dans la ville où rien ne m'était étranger, où je reconnaissais les immeubles, les carrefours, les cafés, les trottoirs, les quartiers. Je suis chez moi ici, c'est ma ville. J'y avais ma maison, j'y habite encore, voilà ce que je me disais, à mesure que montaient en moi la détresse et le désarroi, la terreur et l'affolement. Mes jambes me soutenaient, elles avançaient d'un pas régulier, tranquille, elles ne tremblaient pas, mais mes mains s'agrippaient à la poignée de mon sac, la serraient fort, si fort que mes jointures me faisaient mal. J'avais envie de pleurer mais je me retenais, je me retenais car je ne voulais pas pleurer dans la rue, j'attendrais. J'attendrais la nuit, l'obscurité, les rues désertées. Je marchais dans la rue et c'était ma maison.

Dans ma tête, les pensées s'effilochaient, se bousculaient, aucune ne parvenant à son terme. Je m'arrêtais : rassemble tes idées. Mais elles fuyaient, elles s'éparpillaient en tourbillons, en nuées d'étoiles. Je perdais pied. Ne pas s'arrêter. Je marchais de nouveau, lentement, et eux si pressés, courant presque, ceux que je croisais, qui me dépassaient, affairés, tout frémissants d'urgence et d'importance, indifférents et aveugles. De temps en temps, un comme moi, hagard, déjà absent, de l'autre côté.

J'étais tellement choquée que je n'ai pas songé à me reposer jusqu'à ce que mes jambes, qui m'avaient soutenue vaillamment depuis le matin, refusent brusquement d'avancer. C'est l'animal en moi qui m'a sauvée, les muscles, les veines, les nerfs et les articulations. J'ai passé la première nuit sur un banc, cela me semblait moins terrible que de m'allonger sur le trottoir. J'ai dormi, curieusement, d'un sommeil de plomb. C'était la première fois depuis des semaines que je me laissais aller au sommeil. Et lorsque je me suis réveillée, l'aube était déjà loin et le ciel brumeux annonçait une journée d'été lourde et sans air.

Au début je recherchais des planques idéales, des recoins abrités, je marchais sans cesse, parcourais des kilomètres, je voulais à toute force trouver un refuge, un endroit qui serait devenu le mien. Mais aussitôt atteinte quelque place acceptable, j'en étais délogée par le bruit, les concierges, les chiens, d'autres occupants, les balayeurs, les livreurs, les courants d'air. Il fallait repartir en quête, recommencer la désespérante chasse. On était déjà en juillet, mais Paris ne désemplissait pas. Il faisait chaud et les rues débordaient de badauds qui s'attardaient jusque tard dans la nuit aux terrasses des cafés, sur les bancs, le long des quais.

Je voyais Philippe sans cesse. Une silhouette au loin qui traversait la rue, un homme qui s'avançait vers moi, dans la foule une allure que je reconnaissais. L'illusion se dissipait vite, mais elle se reproduisait plusieurs fois par jour, d'autant plus que je n'avais pas d'endroit où me réfugier. Je recherchais des amers auxquels mon esprit pouvait s'accrocher et mes pas me conduisaient dans des quartiers jadis fréquentés, dans des rues où j'avais eu une amie, un dentiste, où je m'étais rendue pour quelque formalité, une ambassade, une administration. Je revivais ces périodes de ma vie d'avant, je passais devant des restaurants où j'avais mangé, devant des immeubles où j'étais entrée pour me rendre à une invitation, je traversais des ponts où j'avais marché au bras de Philippe, je m'attardais dans des jardins où je m'étais promenée avec Nisa.

Mais ce n'était plus la même ville, elle avait perdu sa fringante beauté, son étincelante et miroitante splendeur, sa lumière sublime du début et de la fin du jour. Un voile s'était abattu sur mes yeux qui m'interdisait d'accéder à ce rayonnement, tout avait pris la teinte grise et sale de la poussière, un manteau de cendre recouvrait désormais la cité où je marchais sans fin, à la recherche d'un terrier, d'une cachette, d'un refuge.

Il m'a fallu du temps avant de renoncer, avant d'accepter l'idée qu'il n'existe pas de lieu où rester quand on a perdu sa maison. Alors j'ai cessé de chercher et j'ai pris une autre mesure de ma situation. La mesure de l'espace. C'était le premier pas vers la dilution de mon être, mais je ne le savais pas encore.

Habiter un territoire ouvert est certainement l'expérience la plus étrange qu'il m'ait été donné de vivre. On ne rencontre jamais de limites, car on est à l'extérieur, dans le dehors des murs et des cloisons, de l'autre côté des portes. On ne peut entrer nulle part, on ne peut sortir non plus, puisque l'on est déjà sorti, évacué, exclu de l'espace intime des intérieurs, du terrain fermé de la maison. Curieusement, dès lors qu'on habite l'extérieur, l'espace élargi de la ville entière, on devient un étranger, un qui n'est pas d'ici.

J'aurais bien voulu parler à quelqu'un, m'entretenir de la pluie et du beau temps, établir un dialogue, même bref et futile. Pas dans les premiers jours — au début, il y avait tout le reste à affronter, à surmonter —, mais au bout d'un certain temps j'ai eu envie d'échanger quelques mots. Juste pour m'assurer que je faisais encore partie d'une communauté... Quand précisément je commençais à la quitter. Tous ceux à qui j'ai tenté de parler se sont dérobés. Je ne comprenais pas ce que j'avais pu perdre qui fît de moi une personne infréquentable. J'habitais dans la rue, certes, mais je restais la même femme. Je n'étais pas folle, ni mal élevée, j'avais un peu de culture et je savais réfléchir, j'étais capable d'échanger des idées, à plus forte raison des banalités. Mais non, personne ne désirait bavarder avec moi.

Était-ce parce que j'étais sale ? Mal habillée ? De quoi avaient peur ceux qui se détournaient, vaguement offusqués ? Ils vivaient dans un monde et j'en étais exclue, cela suffisait à empêcher le moindre dialogue. Ils se réveillaient le matin dans leur lit et prenaient leur café dans la cuisine, je me réveillais tout habillée sur le trottoir et ne buvais plus jamais de café, ils descendaient dans la rue pour aller travailler, je ramassais mes affaires et levais le camp à la recherche d'une autre rue où m'ennuyer des heures durant. Ils se dépêchaient déjà, plongés dans l'excitation d'une nouvelle journée qui commençait, je traînais les pieds, écrasée dès le matin par l'indigence de ma condition et l'absence de toute perspective.

Au fond, j'avais cru qu'il suffirait d'adopter un point de vue différent, j'avais pensé que mon changement de position, de statut, ne modifierait rien à ce que j'étais vraiment. Je traversais une mauvaise passe, un moment difficile et les conditions, très mauvaises conditions qui accompagnaient ce passage à vide accentuaient la chute vers le bas, laissant présager une remontée vers la surface d'autant plus rapide que la plongée était profonde. Je ne me disais pas cela réellement, je ne l'exprimais pas ainsi, mais c'est ce qui me motivait, ce qui m'empêchait par exemple de demander de l'aide ou de me tourner vers les quelques appuis qui me restaient et que je me refusais à solliciter. Je voulais toucher le fond. Mais on ne touche jamais le fond lorsque l'espace est complètement ouvert, on se dilue dans cette vastitude, on s'y perd corps et âme, on traverse sans même s'en rendre compte ce que l'on croyait être le bout de l'abîme.

J'avais beau me répéter que je faisais tout de même partie de la société, que j'en étais un des éléments, minuscule atome d'un gigantesque organisme, ce n'était plus tout à fait vrai. Bien sûr, j'existais, à la manière dont les arbres existent le long des avenues, les pigeons perchés sur les édifices, mais je ne comptais pas dans la conscience des autres. Je restais aux marges de leur appréhension, en deçà de ce qui constitue leur environnement proche, leur *milieu*. Le milieu, pour moi, avait complètement disparu.

7

Durant plusieurs années, j'ai côtoyé des gens de plume, des peintres, des artistes, des photographes et des auteurs de théâtre. J'ai vécu la romance des poètes inspirés, avançant dans la vie au côté de leur grand amour, puisant dans cette union des arts et des cœurs les ressources d'une inspiration toujours renouvelée. J'étais jeune, tout me souriait, je vivais une sorte de rêve éveillé, loin du monde heurté et rude du labeur, de la contrainte et du train-train. Ce furent de belles années. Philippe était un être doux, très calme, excessivement sensible et silencieux. Vivre avec lui donnait l'impression de partager l'existence d'un chat. Il avait d'ailleurs des yeux de chat, d'un vert clair pailleté de bronze, et une vue exceptionnelle. Son appareil photo prolongeait son regard, telle une excroissance vaguement monstrueuse de l'œil. Il était tout entier tourné vers les images, et la manière dont il s'emparait de l'espace était visuelle avant d'être réfléchie. Toutefois l'intelligence de son regard me surprenait toujours, moi qui appréhendais le monde de façon beaucoup plus abstraite.

Je l'accompagnais parfois lorsqu'il sortait photographier. Avec lui, rien n'était jamais déterminé à l'avance. Il se fiait essentiellement à la lumière, sans avoir de sujet précis en tête. Du moins n'en faisait-il jamais part. Le matin, il pouvait rester une demi-heure debout à la fenêtre, sa tasse de café à la main, vide depuis longtemps, les yeux perdus dans le ciel, vers les toits, au-delà de la ville. Puis il revenait au salon, avec sur les lèvres ce léger sourire qu'il avait lorsqu'il s'était éloigné, presque égaré dans ses pensées, impénétrable fouillis d'images et de visions. Il chaussait ses bottillons à semelles souples. C'était un bon jour pour la photographie. Une fois dehors, il se laissait guider par ce qui l'attirait. Le plus surprenant, c'était de découvrir le résultat. Moi qui l'avais vu prendre les photos, jamais je n'aurais pu imaginer ce qui sortirait des bains dans lesquels flottait le papier quelques minutes, avant de révéler l'image, image des plus mobiles et complexes, presque animée, qui représentait quelque chose de réel, mais acquérait aussi sa propre existence virtuelle, telle une image d'ailleurs, venue de l'espace, sans lieu ni temps, hors le monde. Image de l'univers. Les photographies de Philippe étaient infiniment poétiques.

J'ai écrit de nombreux poèmes en les regardant.

Mais je crois que c'est en observant l'homme que j'ai compris le mieux ce qu'était la création artistique. En le voyant s'abandonner à cette liberté intérieure qui ne subit aucun frein, ne rencontre aucun obstacle. Certes j'étais poète avant de le rencontrer, mais je n'avais pas pris la mesure des conditions de mon activité, du cadre dans lequel elle pouvait s'épanouir et se développer. De la liberté nécessaire, et suffisante à son éclosion, de cette unique et précieuse liberté qui forme à la fois le berceau et l'enfant, la terre et le grain en germe, l'air et la respiration.

Avec Philippe j'ai touché du doigt la nature du processus mystérieux qui change en sublime le vulgaire, transfigure en universel le singulier et fait jaillir à la lumière éclatante ce qui gisait dans une boue obscure. Je n'ai pas mieux perçu pour autant l'essence même du principe de transformation, je n'ai pas même visualisé l'équation qui pourrait mettre en un langage accessible les termes de la troublante alchimie, mais j'ai vu un artiste à l'œuvre.

C'est un long travail que de se libérer de ses maîtres. Moi qui avais vécu longtemps dans la fréquentation de grands poètes au génie consacré par les siècles, j'ai dû refaire à l'envers le chemin qui m'en détacherait. À l'inverse, j'étais éberluée par la fraîcheur du regard de Philippe, son inculture et sa spontanéité, la justesse de son appréciation. Comme si aux plus talentueux l'économie de l'apprentissage était offerte, et même celle de l'effort. Philippe était si doué que son *don* faisait presque de lui un instrument, au service de l'art qui le guidait vers des chemins inconnus, où d'autres n'auraient pas osé s'aventurer. Sa qualité première était cet abandon sans réserve à ce qui le poussait vers l'inimaginable, vers des territoires dangereux, à l'extrême limite de lui-même. C'est aussi ce qui le rendait taciturne et parfois mélancolique, car il avait offert une part de son être, quelque chose d'intime et de précieux, à cette dévorante passion qui le maintenait sous sa férule et le harcelait, sans relâche. Et comme un pacte passé avec le diable, rien ne pouvait être repris de ce qui avait été concédé et il n'y avait plus qu'à courir, qu'à aller de l'avant, toujours devançant ce qui faisait à la fois son plus grand bonheur et son plus intense tourment.

C'est à peu près au moment où nous avons trouvé l'appartement que j'ai commencé à proposer mes poèmes dans des revues. Plusieurs ont été publiés, jusqu'à ce qu'une maison d'édition accepte mon premier recueil. C'était un joli opuscule de petit format, à la couverture gaufrée d'un rose lilas, qui rassemblait une cinquantaine de poèmes. Le sigle de la maison, imprimé au bas de la première page, représentait un dragon marin, mi-dauphin mi-hippocampe, porté par une vague écumante. Il y en eut deux autres, puis ma thèse fut publiée chez un autre éditeur. On ne me donna pas d'argent. J'aurais trouvé étonnant qu'on le fît. Cependant je reçus une bourse qu'une fondation m'attribua, ainsi que le prix de poésie qui allait avec. Je remerciai publiquement lors de la remise des médailles, dans un salon au plafond surchargé de dorures.

On me convia à des lectures, dans de petites librairies ou dans des appartements, les gens étaient assis sur des chaises pliantes et écoutaient religieusement, on aurait entendu une mouche voler. Après la lecture, on buvait toujours du vin, et le silence laissait place à de bourdonnantes conversations. Je ne pouvais m'empêcher de penser à la Grèce des origines, aux aèdes qui déclamaient et au vin de Corinthe, si parfumé. Je rencontrai d'autres poètes, qui me convièrent à participer à des recueils collectifs. Cela donnait le plus souvent de très élégants ouvrages, imprimés sur de beaux papiers, parfois typographiés au plomb, à l'ancienne. Des gravures les illustraient. Personne n'était payé.

La poésie ne connaît pas l'argent, et l'argent la méprise pour cela. Cette commune ignorance m'a toujours paru salutaire. Car s'il y a une chose qui échappe à la valeur marchande, et qui ne peut s'inclure dans le principe du capital, c'est bien la pratique de l'art. On peut réduire une œuvre d'art à son seul prix, mais cela ne représentera jamais sa valeur réelle. Pas même une parcelle infime de sa valeur. Non que celle-ci soit tellement supérieure à la somme qu'on pourra donner pour l'acquérir, mais c'est qu'elle ne se mesure pas en termes d'argent. L'argent n'a rien à voir avec l'art. Plus on le tient éloigné, mieux s'en porte la création.

Philippe ne vendait pas ses photos. Il les exposait, mais refusait qu'elles prennent le statut de marchandises. Il ne les montrait que dans certains contextes, des petits musées ou des institutions culturelles. Jamais en galerie. Pour vivre, il photographiait des casseroles pour un cuisiniste fameux. Je rédigeais pour ma part des notices pour un éditeur de manuels scolaires, et je préparais les copies avant l'impression. C'était un travail sans grand intérêt, parfois fastidieux, mais je l'exécutais vite. À deux reprises, j'obtins une vacation d'assistante à l'université, mais cela ne dura qu'un semestre.

Nous habitions un appartement assez vaste, dans un immeuble plutôt délabré dont le propriétaire refusait d'assurer les travaux de rénovation. Le loyer n'était pas très cher, en raison du piteux état des canalisations et de l'indigence des huisseries. Mais cela ne nous souciait pas le moins du monde, nous vivions au milieu de piles de livres et des flacons de révélateur et de fixateur, sans horaires ni contraintes. L'appartement était une sorte de laboratoire en effervescence où se bâtissait chaque jour le monde dans sa totalité. Des amis venaient, on parlait des heures durant, on se lisait les uns les autres, on allait visiter les ateliers des peintres, commenter les dernières toiles, voir jouer les pièces de théâtre. Il y avait, dans le petit groupe auquel nous appartenions, une connivence dans l'ascèse et une recherche d'intensité qui laissaient peu de place aux compromissions. Je pense qu'autour de nous, on nous prenait pour des illuminés, au mieux. Nos familles nous jugeaient sévèrement et émettaient de vives critiques. Je m'étais fâchée avec mes parents, qui entendaient me voir trouver un emploi *sérieux*.

Philippe et moi nous accordions sur ce point, nous n'avions jamais besoin de rien. Ou plutôt ce qui nous était nécessaire se donnait gratuitement. L'observation, la sensibilité, la perception du monde, l'imagination, la lumière, les couleurs, les états d'âme, la liberté, là était toute notre consommation. La vie matérielle se réglait d'elle-même autour de ces principes. Quand l'argent rentrait, nous achetions de très solides chaussures, des vêtements de qualité qui durent des années sans jamais paraître usés, nous réglions nos dettes et nous allions dîner au restaurant. Dans les périodes de disette, nous répondions aux invitations, nous allions dîner chez des gens ennuyeux mais qui nourrissaient convenablement leurs convives, ou bien nous restions chez nous et ces moments de solitude à deux se révélaient souvent très féconds. On travaillait jusque tard dans la nuit. Philippe lisait, ou faisait des croquis, j'écrivais des bouts-rimés sans queue ni tête.

Lorsqu'il faisait froid dans l'appartement (nous n'allumions jamais les radiateurs électriques), nous fabriquions une sorte de nid sur le lit avec des couvertures et des vêtements et nous passions la journée à musarder dans ce cocon. Ou bien nous sortions et Philippe faisait des photos dans l'atmosphère si particulière, suspendue, de l'hiver parisien. Au retour, un pot de thé brûlant nous donnait l'impression de rentrer dans un intérieur douillet.

8

Un matin je me suis réveillée et dehors tout était givré. L'herbe et les buissons étaient recouverts de gelée blanche, de minuscules étoiles de glace scintillaient au bas des vitres. Un brouillard gazeux enrobait le paysage d'un voile opaque et tout semblait crispé sous la froidure soudaine. Le nez collé à la fenêtre, je contemplais les prés saupoudrés de blanc et tandis que le froid me saisissait — la température commençait à baisser à l'intérieur aussi — j'ai pris brutalement conscience de l'avancée de la saison. J'avais à peine rendu la maison habitable, et je n'étais pas plus efficace qu'au premier jour de mon arrivée. Rien ne me permettait de faire venir Nisa.

L'image de Philippe me hantait et mes marches quotidiennes n'avaient eu pour but que de dissiper la masse de tristesse accumulée dans mon cœur, de ronger ce bloc dur et lisse sur lequel venaient buter mon désir et mon obsession, obstacle sans aspérités, sans accroche ni prise. Je n'étais même pas allée jusqu'à la petite ville voisine, me contentant de marcher jusqu'au village le plus proche pour m'approvisionner en pain et en biscottes. Je me nourrissais peu et sans grand intérêt. Depuis que j'avais épuisé les réserves de la maison, je ne mangeais plus que ce que je trouvais au cours de mes promenades, ce qui d'ailleurs était beaucoup plus sain que de consommer de vieilles boîtes de conserve périmées.

Chaque jour je reportais l'expédition à la ville, ce n'était pas tant la distance qui m'effrayait que le contact avec le monde, le regard posé sur moi et le désarroi de ne savoir comment m'y prendre. Je devais trouver le moyen de donner à ma situation un semblant de justification, avoir l'air au moins d'être là, d'y vivre réellement et non pas de passer tel un fantôme, à travers bois et champs. Mais où était la vie dans cette campagne dépeuplée, où étaient les hommes et les femmes, les enfants ?

J'allai à la ville. En deux heures de marche je fus rendue au cœur de la bourgade, paisible localité comme il en existe des centaines, rue principale, maisons cossues groupées autour de l'église et de la mairie, place du champ de foire, commerçants de bouche, supermarché et parking attenant, quincaillerie et articles de jardin. Des cafés, des habitants, des journaux, des voitures, des bavardages, des bruits, une animation tranquille, bourgeoise et paysanne à la fois, un rythme nonchalant, une certaine bonhomie, une familiarité générale.

Il faisait un froid vif, l'air pénétrait dans les narines comme un gaz pétillant, le soleil faisait briller tout ce qu'il touchait, c'était une de ces belles journées d'automne lumineuses et profondément réjouissantes, je marchais dans les rues de cette petite ville, avec à la main une baguette de pain, que je dévorais tout en cheminant lentement, et je me sentis soudain portée par une énergie nouvelle, du simple fait d'émerger de la solitude où j'étais enfoncée depuis des jours. J'avais oublié que je vivais en société à force de ne voir personne, de ne parler à personne, d'arpenter un pays presque vide. Et puis mes pensées n'avaient pas retrouvé, depuis la mort de Philippe, leur rythme propre…

J'étais toujours en retard sur la situation, comme incapable d'appréhender les choses en temps réel, dans le moment où elles survenaient, et de les traiter pour ce qu'elles étaient. Cela s'était surtout accentué durant les semaines que j'avais vécues à Paris, avant de venir ici, quand la stupéfaction et la terreur que je ressentais en permanence m'avaient tellement diminuée que je me maintenais en régime de survie, totalement abasourdie et privée de toute réflexion, de toute capacité d'analyse. Je subissais tout ce qui m'arrivait, sans réaction, à l'égal d'une bête qui ne comprend pas ce qui la frappe. Cet état durait encore, qui m'empêchait d'être au fait des événements, obscurcissait le présent et oblitérait mes facultés d'anticipation, altérait ma vigilance.

Ce jour-là, je me suis demandé pourquoi je n'étais pas venue ici plus tôt. Non que la solution à mes problèmes y fût visible et enfin accessible, mais au moins trouvais-je au contact d'une structure familière — une ville, même petite — et d'autres êtres humains — même étrangers et inconnus — des repères qui soudain me rassuraient, me donnaient confiance et me laissaient entrevoir un avenir possible, tout simplement parce que je prenais plaisir à manger du pain frais, assise sur un banc au soleil, face à un beffroi au toit d'ardoise, avec sous les yeux des gens qui allaient et venaient, certains seuls, d'autres accompagnés, derrière lesquels planaient quelques secondes après leur passage les échos d'une conversation.

À ce moment précis, je me sentais en correspondance avec ce qui m'entourait, et sans doute la lumière dorée qui soulignait les formes et les reliefs y était-elle pour quelque chose, mais aussi une infinité de détails impalpables qui entraient chacun en relation avec une part infime de mon esprit et de mes sens, dans une sorte de rencontre à multiples niveaux, d'harmonie immédiate. Je n'aurais su dire pourquoi je me trouvais bien, mais j'avais la sensation que revenait à la surface, après des semaines de retard et de lent cheminement, tout un pan de ma machinerie intérieure resté en souffrance et tout à coup réactivé.

La visite à la ville eut valeur de coup de fouet. Il était temps d'aller chercher Nisa, je n'allais pas continuer à vivre dans l'attente et le deuil. Dans les jours qui ont suivi, je me suis lancée dans de grands aménagements. Il faisait froid, j'avais besoin de bouger pour me réchauffer et l'on pouvait passer des heures à redonner à la maison quelques couleurs et une allure plus accueillante. J'ai entrepris de grands travaux de ménage et de lessivage, j'ai déplacé des meubles, transporté des objets, sorti des tissus des armoires, tenté quelques effets de décoration. Cela a grandement amélioré l'intérieur. Dans la pièce de la cheminée, j'avais réussi à aménager une petite chambre pour Nisa, tout en toile (à l'origine des rideaux de reps rouge, qui avaient viré au rose à la lumière), ça ressemblait à un grand tipi.

Lorsqu'il pleuvait je tournais en rond dans les pièces du bas et j'imaginais sa présence, son joyeux babil, ses installations de poupées, son habitude de s'asseoir par terre et de jouer dans un cercle, vaguement tracé par le mouvement de ses jambes qui tournaient autour d'elle lorsque à genoux elle se déplaçait, pieds en l'air, pour ramener à elle quelque jouet égaré. Je la revoyais danser sur des musiques idiotes, de niaises chansons d'enfants qui la ravissaient et qu'elle écoutait sans relâche, sautillant en rythme sur le tapis, sérieuse et concentrée. Nisa la sérieuse, Nisa le lutin, Nisa la curieuse, la pipelette, la raisonneuse. J'entendais sa voix. *Maman, où naît la cellule ? Maman, tremper son pain dans son verre d'eau, est-ce que c'est interdit par la loi ? Maman, est-ce que tu es vieille ? Maman, qui va nous enterrer ? Maman, pourquoi, pourquoi, pourquoi ?*

Je sortais brusquement de ma rêverie, j'étais adossée à la fenêtre, ou à demi assise sur le lit, et je découvrais la nuit tombée, l'obscurité autour de moi. Je n'avais touché à rien, une heure, deux heures s'étaient écoulées, la tristesse affluait dans mon cœur, gagnait mes yeux, piquait mon nez, ma gorge se serrait, les larmes coulaient. Je courais dehors pour respirer l'air froid de la nuit, cela me faisait l'effet d'une gifle bienfaisante, puis je rentrais allumer les bougies.

Un air de sérieux abandon dominait à l'extérieur. J'avais pensé attendre le printemps pour m'intéresser au jardin, mais on pouvait déjà se lancer dans le débroussaillage et la taille. Tout avait poussé dans la plus parfaite anarchie depuis des années et dans les allées on se heurtait à de gigantesques branches de rosier chargées d'épines, qui formaient des arceaux de deux ou trois mètres de haut. Les arbustes et les haies n'avaient plus été entretenus depuis des lustres, les arbres fruitiers dont on ne savait s'ils étaient encore vivants hébergeaient d'énormes boules de gui et du lierre en quantité. Je n'avais jamais jardiné, mais je savais me servir d'un sécateur. Je me suis attaquée à toute cette végétation comme si elle était une ennemie personnelle. Je me suis battue avec les ronces, j'ai lutté contre les rosiers géants, j'ai arraché des mètres de lierre, j'ai tranché des lianes de vigne blanche aussi grosses que mon poignet, j'ai brutalisé des troncs de glycine enroulés autour d'une grille, j'ai scié des branches de pommier. Cela m'a pris des jours. Plus j'avançais et plus il en restait à faire. Plus je taillais et plus apparaissaient de nouvelles tiges à couper, de nouveaux bosquets à éclaircir. J'édifiais de grands tas de branchages et de lianes auxquels je mettais le feu lorsqu'ils devenaient trop volumineux. Cela grésillait et crépitait, dégageant une bonne odeur de bois vert et de cellulose.

Une frénésie s'était emparée de moi, si j'avais pu j'aurais arraché les jeunes saules qui envahissaient les berges de la rivière, j'aurais déplacé des charmilles qui bouchaient la vue ou déterré d'énormes bosquets de pivoines qui s'étalaient en plein milieu de la prairie. Mais j'étais assez mal outillée et je manquais de force. Le terrain, spongieux par endroits et très compact à d'autres, était difficile à manier, la terre pesait des tonnes, les racines s'enfonçaient loin dans le sol, tout résistait et s'accrochait. Je me fatiguais et je dormais enfin d'un sommeil sans rêves, pour la première fois depuis des semaines.

9

Je m'étais préparée, avant d'être expulsée, à ce que j'allais vivre, j'y avais pensé. Il suffisait, me disais-je, de considérer la chose comme une sorte de « camping » urbain. Puisque je ne pouvais plus m'offrir un toit, je vivrais sans, j'avais beaucoup campé dans mon enfance, puis au cours de mes études. Je saurais le refaire. Mais rien n'était plus éloigné de mes escapades d'antan, sac au dos et bourse plate, que cette vie au ras du sol, dans ma propre ville, là où j'avais mené une existence normale. L'illusion ne pouvait tenir un instant, il n'y avait nulle décontraction dans ma présence ici, nulle volonté, nulle joie. Je n'avais pas voulu cela, et je le subissais entièrement. Je ne pouvais pas prendre la moindre distance.

L'angoisse qui s'empara de moi lorsque j'en pris conscience accéléra le processus de dégradation qui s'attaque à n'importe quel être à bout de ressources, rendu à sa seule survie, dénué de tout le reste. Je ne m'attendais pas à ce que cela se produise sur un terrain si familier, sur mon territoire personnel. Se retrouver dans une ville étrangère sans beaucoup d'argent, sans contact, sans point d'attache provoque souvent ce léger malaise, ce moment de tangage où l'on se demande par quel bout attraper ce qui nous échappe et nous fuit. Perdre pied à Paris, je ne l'avais pas prévu le moins du monde. Et voilà que toute l'hostilité et la crasse de la ville me soulevait, m'emportait, me chahutant et m'assaillant comme autant de chiens d'attaque. Toute la hideur de la belle capitale apparaissait derrière son manteau de lumière, et étalait sous mes pas l'extrême laideur de ses entrailles puantes. Je suffoquais, la nausée me prenait, j'allais tomber.

Assez vite l'obsession du gîte a pris le pas sur tout le reste. Avoir un endroit à soi où se reposer, où dormir. Dans la rue, on ne s'endort pas facilement, sans murs, sans toit, sans porte, exposé ainsi à tous les vents, à toutes les curiosités. On dort d'un sommeil si léger qu'au moindre bruit on se réveille en sursaut. On a froid. La pluie vous mouille. Les rats viennent fureter dans vos affaires. Le sol est dur, le bitume sale et malodorant. On abdique, pour ne conserver que des plages de repos fragmentaires, zébrées de lumières, parcourues de tressaillements acides. On dort par bribes et la fatigue vous colle à la peau sans cesse, vous esquinte et vous lamine.

Je me disais, pour me redonner espoir, que je vivais à l'égal de millions d'êtres humains, qui avaient encore moins que moi pour survivre, et dont l'extrême misère était le quotidien, de la naissance à la mort. Combien y en avait-il, de par le monde, qui vivaient avec un dollar par jour, deux euros par jour ? Les chiffres, toujours abstraits lorsqu'on les lit dans la presse, ne permettent pas d'appréhender, encore moins de comprendre, la signification de ce genre de verdict. Non que ma nouvelle situation me permît de le mieux percevoir, car au fond je savais que cette mauvaise passe ne durerait pas, mais il me semblait que je rejoignais, d'une manière toute particulière et sans commune mesure avec une réalité inimaginable, le sort de ces laissés-pour-compte, de ces « autres », qui forment le gros des troupes quand nous occupons les palanquins, dominant la piétaille.

J'avais si souvent plaisanté, du temps où Philippe et moi vivions d'amour et d'eau fraîche, sur l'état de *sadhu* que nous serions contraints de rejoindre bientôt, à l'image de ces mendiants nomades que l'on voit en Inde et qui se déplacent, avec leur seul vêtement pour bagage, ayant tout abandonné, tout quitté, cherchant dans l'ascèse d'une vie presque immatérielle la perfection et la pureté. Je disais souvent que c'était la condition que devaient embrasser les poètes et les artistes, pour se préserver de la corruption du monde marchand, parce qu'ils représentent la liberté, ou plutôt qu'ils l'épousent, comme les religieuses épousent le Christ, qu'ils lui dédient leur vie, leur âme, et que la liberté ne souffre aucune compromission. Eh bien, j'y étais, et cela ne ressemblait en rien à un parcours métaphysique, plutôt à une terrible dégringolade, triviale et dégradante.

J'avais parfois la sensation d'être un morceau de bois dans lequel on taillait, jour après jour, au ciseau et à la gouge, et qui s'amenuisait lentement, copeau après copeau. Sauf que ce bois était chair sensible, plaies et cloques, gerçures, crevasses sanglantes, souillures et crasse. Mon corps était ce quartier de bois sur lequel s'exerçait une main malveillante, brutale et perfide, absurdement destructrice. La main du sort, de la destinée, la main de ce mystère que l'homme cherche à percer au cœur de l'obscurité qui l'entoure.

Dans les premiers jours, j'étais terrifiée à la pensée que tout le monde allait me dévisager, mais je me suis vite rendu compte que les regards me contournaient, qu'ils m'ignoraient. Et cela m'a aidée à acquérir le sentiment d'impunité dont on a besoin pour vivre dehors, pour accomplir au vu de tous les gestes de la vie quotidienne, jusqu'aux plus personnels. Cette publicité soudain conférée aux activités les plus banales a ceci de très singulier qu'elle fait voler en éclats tous les codes sociaux. On ne peut plus respecter les principes de privauté, d'intimité. Je m'éloignais de la communauté non pas parce que je n'avais plus de maison, mais parce que j'étais contrainte de faire mes besoins dans la rue. Si quelqu'un m'apercevait, il ne venait pas me le reprocher, mais il détournait les yeux précipitamment, conscient d'être témoin d'une transgression insupportable. Sa consternation me rejetait dans un univers occupé par les bêtes, les sauvages et les fous, loin de toute civilisation.

Bientôt je me suis trouvée dans cette marge qui n'est pas la marge, mais au-delà, le vide, le néant, là où rien n'existe parce que le regard n'y pénètre plus. La face cachée de la Lune appartient à la Lune, mais pourtant elle nous reste invisible. J'étais invisible. Je pouvais tout faire, aller, venir, m'asseoir, me coucher, dormir, manger, personne ne me voyait. Même les policiers et les gardiens qui venaient parfois me déloger évitaient de croiser mon regard. Je cherchais à leur parler, ils esquivaient et ne répondaient pas, comme s'ils n'avaient pas entendu.

J'aurais pu rechercher la compagnie de ceux qui vivaient comme moi, me rapprocher d'un groupe de clochards tel qu'on en voit sur les bancs publics, autour des stations de métro, sur le parvis de certaines églises. Je n'ai jamais pu m'y résoudre. Je ne me voyais pas rallier une troupe de vagabonds graveleux et querelleurs uniquement pour avoir de la compagnie. La plupart buvaient et cela les rendait infréquentables. Sans doute gardais-je encore l'illusion qu'en évitant de me mêler à eux je resterais aux marges d'un monde dans lequel je n'évoluais qu'à grand-peine, en une succession de petits désespoirs douloureux, tenaces, incisifs.

Certains venaient vers moi parfois, des hommes le plus souvent, et me parlaient de leur voix éraillée. Je les fuyais comme la peste. Des femmes, il y en a peu dans la rue. Chaque fois que m'abordait un de ces traîne-savates au teint gris, au visage boursouflé par le mauvais vin, l'angoisse et la peur montaient en moi si vite que la chaleur me cuisait la peau, la sueur trempait mes vêtements en un instant, ma vue se troublait, je ramassais mes affaires en toute hâte et me sauvais, sous les quolibets et les allusions grivoises du joli cœur en haillons. Je ne savais plus me protéger, j'étais aussi fragile qu'une statue de sucre, statue de boue plutôt, cinglée par la tempête. Tout m'horrifiait, leur allure de gueux, leur condition dans laquelle je reconnaissais la mienne, leur désir cru et insultant, leur absence de manières et leur langage sordide. Cela me donnait la nausée, j'en faisais des cauchemars chaque fois que revenait la même scène, presque invariable. L'horreur me serrait le ventre dans les jours qui suivaient, je passais des nuits affreuses, tressaillant au moindre bruit. Je me faisais l'effet d'une souris cherchant à s'échapper d'une cage sans issue.

Tout avait changé. Le monde, dans un raccourci

saisissant, s'était réduit à la brutalité la plus crue, celle de la prédation comme unique principe. Quand je n'étais pas moi-même une sorte de prédateur de l'ombre, fouillant les poubelles et ratissant les trottoirs à la fin des marchés, j'étais une proie. La proie des poux, des hommes violents et repoussants, la proie de la misère, de la fatigue et du mépris, la proie du monde moderne, de l'humanité civilisée. Pourtant à certains moments quelque chose en moi se redressait, qui ne relevait pas de la dignité mais d'un sentiment qui s'apparentait à quelque émotion lointaine et diffuse, celle d'un éblouissement de l'enfance devant une fulgurante harmonie, face au mystère vertigineux des choses vues ou ressenties, senties, humées, effleurées, entendues, l'aveuglement miroitant d'une pure sensation de joie, d'intense bonheur d'être en vie, jouissant de cette beauté offerte, de cette extraordinaire puissance de l'être qui a conscience de son existence.

Dans la profondeur de ma déchéance, je n'avais pas encore renoncé à ça. Je gardais en moi la conviction et la folle certitude qu'une infime particule de beauté pouvait sauver ce qui restait à sauver, donner un sens à ce qui n'en avait plus et restaurer l'équilibre rompu, à la manière d'une étincelle capable d'allumer un immense brasier. Mais rien ne venait confirmer ce qui de plus en plus ressemblait à une mystique personnelle, une béquille nécessaire à laquelle s'accrochait mon esprit en déroute, ébranlé chaque jour davantage par la camisole de l'isolement et l'intenable position que j'occupais, spectatrice d'un monde qui expédiait ceux que les griffes des mécaniques broyeuses avaient agrippés dans un enfer aux parois transparentes, d'où l'on pouvait voir, sentir et même toucher, mais en restant soi-même intouchable, invisible et inexistant.

10

Un jour que j'allais à la ville, sur le chemin j'ai croisé une fouine — peut-être était-ce un putois, ou une martre — qu'une voiture avait heurtée. Elle était étendue sur la route, intacte. Seul un filet de sang s'échappait de sa bouche et un de ses yeux sortait anormalement de son orbite. Elle pouvait mesurer cinquante centimètres, sans compter la queue dont le panache s'étalait, touffu, les poils d'un gris-brun soyeux attirant la caresse. J'avais envie de la toucher, mais je n'osais pas. Je voulais la tirer vers le fossé, l'écarter de la voie, du passage des véhicules, mais je ne pouvais pas toucher la mort, ma main s'approchait, j'aurais pu saisir sa queue, j'en étais incapable, mes doigts se rétractaient, mon bras refusait d'avancer. J'ai cherché des yeux un bâton, quelque outil de fortune, mais je me trouvais alors dans une zone dégagée, bordée de prairies et de pâturages, loin des bois, sans haies ni buissons. J'ai abandonné l'animal et poursuivi ma marche.

Ce jour-là j'avais emporté deux roues de vélo. J'avais sorti de la cave une vieille bicyclette dont les roues à plat montraient un caoutchouc strié de coupures. L'usure avait fendillé les pneus jusqu'à la trame et l'un des câbles de frein pendait, inutile. J'avais démonté les roues, non sans mal, les papillons étant grippés par la rouille et les ans. Arrivée en ville je me rendis chez le marchand de cycles. Il observa les roues d'un air méprisant, se tourna vers le mur où étaient accrochés des dizaines de pneus et en attrapa deux. C'était un gros homme au teint rouge vêtu d'une salopette de travail tachée de graisse et de cambouis. « Faudra changer la chambre aussi », grommela-t-il en tâtant le flanc du pneu de ses doigts boudinés.

— Vous pouvez le faire tout de suite ? risquai-je.

— Revenez d'ici une heure, lança-t-il sans me regarder.

J'avais froid, j'étais fatiguée. J'hésitai un peu sur le trottoir avant d'entrer dans un café. J'en avais complètement perdu l'habitude, il me semblait que tout le monde allait se mettre à protester, qu'on allait m'interdire l'entrée. Mais dans la grande salle surchauffée personne ne bougea et pas un pli ne rida le silence. Je m'assis à une table, j'avais repéré des journaux montés sur une tige de bois. Je parcourus les titres de la presse locale pour me donner une contenance, une serveuse décolorée vint se planter devant moi, je commandai un café crème à mi-voix. Les lettres du journal dansaient devant mes yeux, je ne comprenais rien à ce que je lisais, je ne lisais pas, je respirais, élargissant petit à petit l'espace concédé à l'air par mes poumons à chaque inspiration. Je laissai le liquide brûlant entrer en moi et l'air ambiant me ramollir doucement.

Je devais m'être assoupie quand un groupe d'hommes entra, tous parlaient à la fois, les voix emplirent d'un seul coup la salle, assorties de gestes et de déplacements de chaises, d'un brouhaha vif et joyeux. Ils portaient des bottes de caoutchouc et des vestes en velours côtelé, appelaient la serveuse, demandaient des verres de vin blanc, des cognacs. Je sortis peu de temps après et allai rechercher mes roues. Elles m'attendaient sur le comptoir, avec un papier coincé entre les rayons sur lequel était inscrit le prix. Je payai, puis quittai la ville.

J'avais acheté du lait, que je portais dans ma besace, et du pain que je comptais manger en route. Je marchais depuis une heure lorsque j'ai entendu dans mon dos une voiture qui ralentissait. Je me suis rangée sur le bas-côté et une sorte de gros 4 × 4 a stoppé à ma hauteur. La vitre automatique s'est baissée dans un glissement et un homme s'est penché vers moi.

— Vous allez à pied ? Je peux vous déposer, si vous voulez.

J'ai fait signe que oui, il a ouvert la portière de

mon côté, tendu le bras pour attraper les roues qu'il a expédiées sans ménagement sur la banquette arrière, j'ai pris place sur le siège. Au lieu de redémarrer, il s'est tourné vers moi.

— C'est vous qui étiez au café de la place, tout à l'heure…

Il me semblait soudain être prise en faute. J'ai balbutié un « oui » qui est sorti à grand-peine de ma bouche et mes yeux ont rencontré les siens. Il avait un regard très clair, sur ses lèvres flottait un demi-sourire et il se dégageait de toute sa personne une forme de brutalité, de puissance physique qui m'a remuée désagréablement. Tout à coup j'ai repensé à la fouine. La voiture traversait un bois, mais ne devait pas être loin de l'endroit où gisait l'animal qui s'était fait faucher à la sortie d'un virage. J'ai reconnu les prés en pente dès qu'on a eu franchi la lisière du bois.

« Faites attention », ai-je commencé. Instinctivement j'ai posé ma main sur son avant-bras. « Ralentissez, parce que là, juste après la barrière, il y a… »

Il a freiné brusquement et j'ai senti ses muscles se crisper sous ma main, que j'ai retirée aussitôt.

— Je ne vois rien, a-t-il dit sèchement.

— Il y a une fouine morte. Je n'ai pas envie qu'on l'écrase.

— Où est-elle ?

— Là, juste après le virage.

Il avait ralenti l'allure au point que la voiture

avançait tout doucement. Quand je l'ai vue, elle ne ressemblait plus à ce qu'elle était quelques heures plus tôt. Plusieurs véhicules avaient roulé dessus. Seule la queue demeurait entière, mais tout le corps avait été dévasté. Les viscères s'étalaient sur le bitume, le poil maculé de sang avait perdu sa brillance et son lustre, les os du crâne s'étaient disjoints et l'on voyait la cervelle affleurer.

J'ai détourné les yeux tandis que la voiture la contournait.

— Je crois qu'il n'y a plus rien à faire, a laissé tomber le conducteur.

Et il a repris de la vitesse.

J'aurais dû la tirer dans le fossé, me disais-je tandis qu'il me tendait un paquet de cigarettes. Je n'avais pas fumé depuis des mois et je n'en éprouvais plus l'envie, mais je ne sais pourquoi j'ai attrapé une cigarette. Sa main m'a paru énorme, la peau était tannée par le soleil et couverte de petites coupures, de fines cicatrices, sous les ongles bien taillés subsistaient des traces de terre. Il n'allait plus très vite à présent, le ronronnement du moteur était presque inaudible et s'installait dans l'habitacle une sorte de densité un peu oppressante. Il a allumé sa cigarette et posé le briquet devant moi, sur l'à-plat du tableau de bord. Je tripotais celle que j'avais prise sans intention de la fumer et je sentais monter la tension, une tension qui me tenait tout entière raidie, concentrée autour d'une sensation oubliée. Le temps passait très lentement, malgré le mouvement de la voiture à l'intérieur du paysage.

Il a fait alors cette chose incroyable de saisir ma cigarette entre mes doigts, de la porter à ses lèvres, de reprendre le briquet et de l'allumer, avant de me la redonner. Le contact avec le filtre légèrement humide m'a fait l'effet d'une brûlure vive, d'une décharge violente. Je ne songeais même pas à aspirer la fumée, je ne faisais que goûter ce cercle étroit du papier où il avait posé ses lèvres, mon cœur battait à faire éclater ma poitrine, dans mon ventre explosaient des bulles de désir qui remontaient jusqu'à ma gorge, tout mon sang avait reflué de mon visage et des extrémités de mes membres vers le centre de mon corps, vers mon être le plus intime. Je sentais mon ventre battre sous ma ceinture, mes seins se tendre contre le tissu de ma chemise, sous mes fesses le siège brûlait, j'avais fermé les yeux et j'essayais de reprendre le contrôle, son odeur me troublait infiniment, une odeur de musc et d'ambre mêlée de sueur et de paille sèche.

Je ne pouvais dire un mot et lui non plus ne parlait pas, d'invisibles particules circulaient qui me bombardaient. Je me raidissais quand il aurait fallu se détendre et mon corps n'était plus qu'un bloc parcouru d'ondes liquides qui venaient se heurter de l'intérieur à la paroi de mon ventre. Ce n'était pas qu'il me plaisait tant que ça, mais quelque chose qui émanait de lui avait retrouvé le chemin de mes sens restés si longtemps endormis et tout à coup un flot de désir jaillissait en moi, tellement fort que mon corps entier en était ébranlé. J'étais estomaquée par la violence de cette pulsion qui me donnait envie d'être aimée sur-le-champ, intensément, profondément, sans merci. L'homme marqua l'arrêt au carrefour de la grand-route et sans me demander quoi que ce soit tourna à droite. Puis il emprunta la petite descente qui menait au hameau et freina à l'endroit où la route bifurque vers le village.

— Ça ira si je vous laisse ici ?

J'étais à cinquante mètres de la maison. Ainsi il savait où j'habitais... J'ai acquiescé d'un signe de tête.

— Vous êtes sûre que vous vous sentez bien ? Vous êtes toute pâle.

Il a sorti les roues de vélo, que j'avais oubliées, et il est descendu de voiture pour venir de mon côté. Il était plus grand que je ne l'avais cru et il m'a fait l'effet d'un géant qui marchait sur moi. Je ne sentais plus mes pieds. S'il me touche, ai-je pensé, je tombe. Mais il s'est contenté de dire :

— J'ai une vigne, de l'autre côté de Saint-Loup.

Mes yeux ont croisé à nouveau son regard d'eau vive et j'ai eu la sensation physique que ce trait impalpable reliant ses yeux aux miens me tenait debout, tel un fil d'acier. Je voulais dire merci mais j'en étais incapable. J'ai reculé jusqu'au talus, j'avais laissé tomber les deux roues dans l'herbe et j'ai attendu que la voiture soit hors de vue pour me laisser glisser au sol. J'entendais le bruit de mon cœur battant la chamade et celui des respirations que je prenais, amples et régulières, jusqu'à ce que je puisse me lever et rentrer chez moi. Je n'avais pas fait dix pas qu'une vague de nausée me souleva l'estomac et je vomis dans le fossé, tout le dégoût accumulé par la vision de la fouine écrasée et tout le désir retenu, pulsions de vie et de mort entremêlées, jaillissant ensemble sans m'en délivrer le moins du monde.

11

Les semaines passées dans la rue ont été celles du deuil, de la profonde tristesse d'avoir perdu l'homme que j'aimais le plus au monde. Ce n'est que lorsque je me suis installée à La Varenne que peu à peu l'image de Nisa est venue occuper le devant de mes pensées. Non que j'en aie eu fini si vite avec le souvenir de Philippe qui continuait de me hanter et de me poursuivre jour et nuit, mais je reprenais contact avec la réalité, progressivement, et le chemin d'une vie normale avec ma fille. Être éloignée d'elle géographiquement me faisait sans doute paraître les retrouvailles plus aléatoires, et je me demandais parfois si j'avais bien fait de quitter Paris et de la laisser derrière moi. De toute façon on ne m'aurait pas permis de la reprendre sans domicile. Malgré le manque que j'avais d'elle et l'état de fébrilité où me jetaient l'incertitude et la pauvreté, je m'employais, tant bien que mal, à imaginer une vie à deux dans cette campagne solitaire, à rêver d'un nouveau départ, d'un équilibre et d'une harmonie retrouvés. La venue de l'hiver et des jours saturés de brouillard me plongeait facilement dans des états de tristesse et de mélancolie qui me faisaient perdre tout optimisme, me tiraient en arrière, vers l'effarement et l'incapacité. Ce qu'il y avait de mort dans la nature hivernale me ramenait invariablement à Philippe, et aux souvenirs douloureux de son agonie.

Mais ce qui demeurait vivant, malgré l'endormissement et l'attente, me poussait vers Nisa et son énergie vitale inépuisable. La nature dans son ensemble me faisait penser à elle, à chaque instant. Car Nisa était à l'âge où les enfants s'extasient devant chaque manifestation de la vie animale et végétale, devant chaque expression de la formidable diversité des espèces et des comportements. La fraîcheur de ses observations, de ses remarques me revenait en mémoire, le souvenir de sa curiosité, de ses questions, la drôlerie de ses commentaires m'amusaient intérieurement lorsque je les évoquais.

J'utilisais beaucoup la bicyclette. C'était un vieux vélo, le pédalier grinçait à chaque tour, la selle était dure et les freins inexistants. Mais il roulait et j'allais vite. J'ai découvert de nouveaux villages, je pouvais pousser plus loin mes explorations, et dès que le temps le permettait je partais à l'aventure. Un jour que j'étais allée sur le versant nord de Saint-Loup, de l'autre côté de la forêt, le temps vira brusquement et le ciel, bleu depuis le matin, prit tout à coup une teinte de fer. Le vent s'était levé, la pluie menaçait et je n'avais pas emporté de quoi me couvrir. Je voyais à l'ouest les nuages d'encre s'accumuler, leur masse grossir et enfler, se rapprocher. En plein midi, il faisait aussi sombre qu'en début de soirée. Les vaches dans les pâturages étaient plus blanches que jamais, presque bleuâtres, et leur teinte surnaturelle se détachait sur le fond vert des prés, que la lumière d'orage rendait phosphorescent. Je me souvins de Nisa assistant à son premier gros orage, elle devait avoir un peu moins de quatre ans. Dans les jours qui avaient suivi elle n'avait cessé de m'interroger sur le phénomène.

— Si un foudre tombe sur moi…, disait-elle.

— *La* foudre.

— Si la foudre me poursuit, je me cache sous un arbre.

— Non, surtout pas. Au contraire, tu te couches par terre.

— Si le foudre tombe sur moi, hop! à plat ventre!

Et elle s'aplatissait sur-le-champ, face contre terre. On était au mois d'août. Il y avait eu d'autres orages, moins violents. Dès qu'elle entendait le tonnerre, elle se précipitait : « Attention! le foudre! », et dès qu'elle voyait un éclair : « Un tonnerre! là-bas! » hurlait-elle en se serrant contre moi, excitée et effrayée à la fois. J'avais beau essayer de réduire mes explications au seul principe électrique, cela ne satisfaisait pas sa curiosité. Elle exigeait une autre interprétation, animée et volontaire, faisant intervenir des créatures dangereuses et puissantes. *Le foudre*, c'était quelqu'un. Une boule d'électricité ne convenait pas tout à fait à sa vision magique du monde. Les jours passant, elle avait tout de même accepté ma version, mais pour transformer la fameuse boule en personnage de légende, dont elle se régalait à évoquer les exploits. « Une boule d'électricité arriva d'un pays lointain sur son cheval au galop, racontait-elle. Elle traversa la forêt et faisa un tonnerre ébouriffé. La marraine-fée lui prena la main en disant "petite boule, tu vas te transformer en crapaud-buffle". » Je ne sais d'où elle tenait cette science des batraciens.

J'écrivais à Nisa, mais les mots ne pouvaient dire le manque que j'avais d'elle. Et puis je ne voulais pas lui faire sentir à quel point j'étais triste. Je commençais une lettre, la froissais, jetais sur le papier deux nouvelles phrases que je déchirais de nouveau. J'abandonnais, pour reprendre quelques minutes plus tard le bloc de feuilles jaunes à fines lignes bleues. Je finissais toujours par écrire ce que Nisa me disait souvent à l'oreille, dans le secret du chuchotement, une suite précise de mots que j'inscrivais en grosses capitales qui prenaient toute la page. Je la pliais en huit, ainsi qu'elle le faisait avec les dessins qu'elle nous offrait ou les découpages qu'elle emballait de la sorte, glissais l'épais pliage dans une enveloppe et notais son adresse. Je ne comprenais pas pourquoi je ne recevais jamais de réponse.

J'avais envoyé dès mon arrivée l'adresse de La Varenne à l'assistante sociale, mais je n'avais eu en retour aucune nouvelle d'elle. Je ne pouvais que supposer qu'on s'occupait bien de Nisa. Et compter sur son sens de la survie, son inaltérable bonne humeur et la manière toute poétique qu'ont les petits enfants d'appréhender n'importe quelle situation, même difficile et pénible. Non qu'ils ne comprennent pas de quoi est faite la réalité, mais leur vision est encore empreinte de magie et de cette fantaisie dont on fait les rêves, comme s'ils n'étaient pas encore sortis de la gangue de mystère dans laquelle ils sont arrivés, nébuleuse origine de leur naissance, douce folie que leur état d'enfance, toujours à la limite de l'inconscience pure, de l'oubli du risque et de la négation d'un quelconque danger possible, quand par ailleurs leur imaginaire est peuplé de créatures hallucinantes, dinosaures, loups et autres licornes à deux têtes, dont ils croient que sont infestés les placards et les recoins sombres.

Ce défaut de prise en compte de ce qui est vraisemblable m'a toujours éblouie chez Nisa, et ce que j'avais oublié de ma propre enfance m'est revenu en regardant grandir ma petite fille. Il y a dans ce formidable déni de la réalité une expérience que l'homme, curieusement, refuse de pousser plus avant. Pressé de rationaliser, assoiffé de tangible et de concret, il s'empresse de faire grandir ses enfants, exaspéré par leur incapacité à prendre les choses *telles qu'elles sont.* Nisa, comme tous les enfants de son âge, voyait tout à l'envers, comprenait de travers, elle introduisait partout des biais, des décalages, de complexes déviations qui répondaient certainement à des formules mathématiques très sophistiquées. Elle ne pouvait s'empêcher de simplifier ce qui était compliqué et à l'inverse de compliquer ce qui paraissait simple. Ce jeu de torsion, cette utilisation de la parallaxe et de l'anamorphose me paraissait infiniment poétique et je me régalais de la voir faire son chemin, sans s'étonner de rien, prenant tout à rebrousse-poil, absorbant ce qui lui parvenait sans se soucier le moins du monde d'établir un ordre de valeurs, une référence, une priorité. Cela mettait du même coup les choses à une place inattendue, et la ligne tracée sur laquelle venaient se ranger ses préoccupations pouvait héberger des affaires aussi différentes et lointaines que la mort de son père et un nouveau serre-tête.

Après la rencontre avec Philippe et la découverte de ses photographies, étonnamment libres dans leur forme et leur contenu, jamais je n'avais été aussi influencée que par la venue de cette enfant dans ma vie la plus intime. Ma poésie s'en trouvait à la fois gelée et régénérée. Mise en défaut car elle ne pouvait égaler la formidable désinvolture et la spontanéité sauvage que les enfants possèdent dans leur expression, stimulée car elle trouvait un modèle inédit, incroyablement inventif et sans bornes, et qu'il était passionnant de se faire tirer par ce merveilleux traîneau. J'ai écrit des poèmes à partir des premiers assemblages de mots de Nisa, si spirituels dans leur innocence et la déformation de leur prononciation, à partir d'une phrase, véritable joyau de la langue, de certaines réflexions, tellement graves et chargées de sens profond. J'ai écrit en l'écoutant chanter, en l'écoutant inventer des histoires, en l'écoutant parler à un téléphone factice, en l'écoutant bavarder avec une amie imaginaire, en l'écoutant lire tout haut des histoires que je lui avais déjà lues et qu'elle reprenait, de mémoire, assorties de quelques subtiles et hilarantes transformations.

Mais je n'écrivais plus et j'étais privée, ultime détresse, de l'amour de Nisa.

12

Une après-midi, pour la première fois depuis longtemps, j'eus envie d'écrire. Pas grand-chose, deux ou trois phrases, mais cela m'était devenu si étranger que sur le moment je crus bon de dresser un cadre propice, d'accueillir dignement ce retour de l'inspiration. J'installai une petite table devant la cheminée, pris un de ces vieux blocs de papier jaune, à fines rayures, que j'avais trouvés dans un tiroir du vaisselier et faute d'un stylo ou d'un crayon qui me convînt, sortis de l'armoire la machine à écrire portative qui, je ne sais pourquoi, se trouvait rangée entre les piles de serviettes-éponges. Puis je tirai une chaise et m'assis, mais les préparatifs avaient dissous mon envie et je ne pus qu'engager une feuille dans le rouleau de la machine. À nouveau, écrire me semblait inutile, dérisoire, presque stupide. Depuis la mort de Philippe, je n'avais plus écrit, cela m'était non seulement impossible, mais je n'en éprouvais même plus le besoin, l'envie s'en était allée, cette sorte d'élan qui vous pousse a faire les choses que vous aimez, d'addiction aux obsessions qui vous tiennent.

Que la poésie m'eût abandonnée au pire moment de mon existence, qu'elle ne m'ait été d'aucun secours quand je croyais qu'elle constituait un des piliers de ma vie, voilà ce qui a ébranlé en moi les convictions les mieux ancrées. À l'égal d'une grande passion amoureuse qui vous lâche à la première contrariété, l'écriture m'avait laissée tomber du jour au lendemain. Jusque-là elle m'avait occupée au point de lui consacrer tout mon temps, de lui sacrifier d'autres activités, des amitiés peut-être, des joies ou des rencontres, et je croyais que l'exaltation que je ressentais à la couver en moi tel un précieux trésor représentait une inestimable richesse, le noyau inaltérable de mon être, le dernier rempart protégeant ma liberté. C'était cela qui me poussait à écrire, car à cet endroit précis rien ne pouvait me contraindre, me forcer, m'influencer. L'art n'était rien d'autre, la création n'avait d'autre utilité, d'autre vocation que dire la liberté intime, profonde, de l'être humain, par-delà tout ce qui tend à la réduire, à la détruire même.

Mais au moment où le monde exerçait sur moi les plus fortes pressions, où la mort m'arrachait l'homme que j'aimais, où la société me confisquait ma fille et où la pauvreté me jetait dans la rue, à ce moment-là je n'avais pu recourir à cette évasion. Je n'avais plus écrit un seul mot. Parmi l'avalanche de calamités qui s'abattaient sur moi, c'était pourtant bien loin d'être la pire et j'aurais donné tous les poèmes du monde, les miens et ceux des autres, pour retrouver Nisa, mais ce qui me frappait dans cette désertion soudaine, cette désaffection, c'était qu'elle me touchait à un endroit que je n'avais pas cru vulnérable.

Mon amour de la littérature cédait devant l'obstacle, il s'évaporait, fondait comme neige au soleil. Non parce qu'il ne me servait plus à rien dans la nouvelle lutte qui se présentait, mais parce que le sort venait de me jeter dans l'aliénation la plus dure. La solitude et l'exclusion avaient en quelques jours réduit ma liberté à quelque chose d'infime, d'insignifiant. Comble de disgrâce, cet isolement personnel, cette relégation dans les régions les plus misérables et indignes, j'étais la seule à en être choquée. Autour de moi régnait l'indifférence, personne ne se scandalisait, personne ne s'émouvait, personne ne regardait. Qui, dans ces conditions, pouvait encore être sensible à la poésie ? Elle mourait en moi de me découvrir détachée de tous les miens, telle qu'eux-mêmes s'étaient détachés les uns des autres, coupant consciencieusement tous les fils qui les reliaient ensemble, considérés comme autant d'entraves, de chaînes à briser. Désormais chacun dérivait sur son île, sans obligations, sans croyances, sans rites sociaux, sans famille. On disait jadis que la poésie était le langage des dieux, aujourd'hui le commerce avec eux s'était amenuisé au point de faire disparaître le plus petit souffle de voix. Le monde céleste n'existait plus, ne demeurait que la terre âpre et rude, la solide écorce terrestre et la rigidité des pierres, leur froideur, leur insensibilité.

La vie au ras du sol avait fait disparaître le décor peuplé de muses et de personnages mythologiques, orné de symboles et truffé de légendes qui faisait notre quotidien. Les mots et les images qui liaient tout ensemble, donnaient leur signification à l'inerte et au vivant, aux éléments et aux événements, s'étaient dissous en un clin d'œil. Le discours qui expliquait le monde, la vision panoramique qui permettait d'englober mille ramifications d'un seul arbre et de comprendre ce qui constituait la structure même de ce tronc unique, son essence profonde, ce discours et cette science s'étaient volatilisés. Il n'en restait rien.

Ce que j'avais cru essentiel, vital, ce que j'avais revendiqué comme partie intégrante de moi-même, cela m'avait abandonnée aussi, comme une peau morte qui desquame, sans même qu'on le remarque. J'avais perdu le goût d'écrire, le besoin d'écrire, aussi vite que m'étaient venues la peur et la douleur. J'y pensais, oui, à la manière d'une activité oiseuse et lointaine qui ne m'appartenait plus et dont la nature propre me laissait perplexe, abasourdie, m'échappait totalement. J'avais été poète, je n'étais plus qu'un corps souffrant.

En m'installant à la campagne, j'avais voulu fuir la ville qui me détruisait, mais aussi j'avais espéré renouer avec un environnement plus propice, proche de l'univers sensible des artistes et des poètes par certaine violence que la nature met souvent dans ses manifestations les plus incontrôlables, ses intempéries, ses lumières, et capable de nourrir une inspiration en déroute. Mais je m'étais trompée, autant parce que la nature ici était bafouée, maltraitée et misérable sous la férule de l'homme impitoyable qui la rudoyait, que parce que mon esprit lui-même subissait toujours la domination du chagrin et de la solitude. L'hiver ajoutait sa tristesse à la mienne, je ne parvenais pas à me défaire de cette gangue paralysante qui me collait à la peau. Loin de favoriser le retour de la poésie, la campagne l'avait enfouie plus profondément dans la glèbe.

J'étais tellement dépitée et contrariée d'avoir laissé s'éteindre la petite flamme qui venait de s'allumer en moi, si fragile et faible fût-elle, que j'ai enfourché le vélo et pris le chemin de la ville. Je savais qu'il me faudrait passer devant le cadavre de la fouine, il n'y avait pas moyen de l'éviter. C'était précisément ce que je voulais affronter. Je l'ai repérée de loin et j'ai fixé un arbre isolé dans un pré, sur la droite, pour tenir mon œil éloigné. Mais je savais exactement où elle était. Au moment où je passais devant elle, j'ai tourné la tête et j'ai regardé. Son corps était désormais bien aplati, mais toute la matière demeurait, simplement déformée, écrasée. Il n'y avait pas beaucoup de passage sur cette départementale et l'on ne vient pas à bout si facilement d'un animal de cette taille. Il faudrait des jours et des jours avant de la faire disparaître.

L'existence de cet animal allait s'inscrire longtemps sur la route, s'incrustant peu à peu dans le macadam jusqu'à ne former qu'une mince pellicule de bête séchée, et même après que la trace de son corps cent et cent fois altéré se serait effacée de la surface du bitume, demeurerait le souvenir du pelage, des viscères, de la tête, de la tache laissée sur le sol, souvenir qui finirait lui-même par s'estomper jusqu'à ce qu'un autre animal, renard, blaireau, putois, heurté à son tour sur une autre route, dans un autre lieu, dans un ailleurs et un lointain des plus vagues, fasse ressurgir l'image de cette bête, celle-là, la fouine du chemin de la ville voisine, et qu'aussitôt elle apparaisse comme au premier jour, dans la splendeur de sa fourrure encore immaculée.

J'ai repensé à l'homme qui avait une vigne et il m'a été impossible de me souvenir de son visage. Je revoyais ses yeux, leur couleur surtout, et ses dents bien rangées découvertes par son sourire, mais je ne pouvais pas reconstituer ses traits, son visage fuyait, se diluait lorsque je voulais l'extraire de ma mémoire, il n'en restait que les contours flous, et la sensation très précise d'une incandescence intérieure qui me faisait légèrement battre le cœur.

Si immatérielle que puisse être l'inspiration, aussi impalpable le poème qui se prépare, je ne pouvais croire à la disparition totale, définitive de la poésie qui avait été mienne. Les traces demeuraient, partout, sous quelque forme que ce soit, de ce qui avait existé. Et je ne pouvais me résoudre à ce que cette part de moi-même me fût ôtée, si brutalement, aussi soudainement qu'un animal fauché par un véhicule, et qu'il n'en restât rien, pas même quelques petits livres à la couverture lilas, dont je n'avais pas conservé un seul exemplaire, non que je n'en aie emporté dans mon sac en quittant l'appartement, mais j'avais fini par les abandonner dans la rue, comme les vestiges d'une existence défunte, définitivement obsolètes. Le souvenir que je gardais de ma vie de poète était devenu si immatériel que j'en venais à douter de sa réalité. Pourtant je m'accrochais encore à cette trace improbable et fugitive, de la même manière que mon œil plongeait dans l'enveloppe aplatie de la fouine rendue à l'état de fantôme, s'y perdant comme en un gouffre minuscule, un dérisoire œil de cyclone réduit à cette seule petite vie animale, mais qui contenait en son centre toutes les vies, tous les êtres et leurs aspirations éperdues à durer, à transmettre.

13

Je brûlais de plus en plus de bois dans la cheminée. J'avais presque épuisé les bûches entassées derrière la maison. J'avais beau en ramasser, au gré de mes errances dans la campagne, je ne rapportais que de petits fagots, ou deux ou trois bûches récupérées sur un tas de rondins au bord de la route. J'allais bientôt être à court de combustible. Du bois, il y en avait pourtant en quantité. Plus personne ne le ramassait.

Je voyais passer des machines, de monstrueux engins de forestiers, des tracteurs et des remorques, des camions, j'entendais le bruit des tronçonneuses dans les bois voisins, mais jamais je ne croisais de bûcheron, ni d'ailleurs d'agriculteur ou de cantonnier. On aurait dit que les êtres humains avaient disparu et qu'à leur place régnaient les machines, d'énormes véhicules qui sur leur passage écrasaient les arbres, roulaient sur les troncs renversés, creusaient dans le sol des forêts et des sous-bois d'énormes tranchées qui gardaient longtemps la trace des grosses roues crantées. Parfois je traversais des parcelles exploitées qu'on aurait crues sorties tout droit de la guerre. Massacre d'arbustes et de jeunes arbres, impitoyable coupe et extraction sauvage des troncs, enchaînés et traînés sans ménagement jusqu'en lisière, sans la moindre attention à ce qui se trouvait sur le passage.

Détruire, abîmer, ruiner, ne pas respecter la vie, voilà ce que les machines font le mieux à la campagne. Je pressais le pas, il se dégageait de ces morceaux de nature violée une impression de désolation qui m'étreignait jusqu'au malaise. Je me figurais au début qu'on allait venir mettre un peu d'ordre, ramasser les troncs enchevêtrés comme en un gigantesque mikado, les houppiers décapités, tirer hors du passage les baliveaux couchés, leurs racines dressées vers le ciel. Je compris vite que les machines, une fois le saccage accompli, ne revenaient pas et que tout restait ainsi, dans un chaos d'apocalypse.

Dans le bois le plus proche, des dizaines de jeunes feuillus, des hêtres, des acacias, des châtaigniers avaient été pliés à la base et jonchaient l'ornière géante laissée par l'engin meurtrier. Il suffisait de se servir. Il y avait dans l'atelier une scie, une grosse scie montée sur un manche métallique en arceau. La lame n'était pas neuve mais elle semblait solide et la rouille ne l'avait pas touchée. Je n'avais qu'à traverser deux prés pour atteindre la lisière de la forêt. Je n'avais jamais scié de bois de ma vie, mais j'allais apprendre.

Je passai une heure à m'escrimer et à suer en jurant, la scie ripait contre l'écorce, une fois le bois entaillé elle se coinçait dans la fente et refusait de se dégager, je faillis renoncer plusieurs fois, mais je pensais à Nisa et je reprenais mon souffle avant de m'y remettre. Je parvins à couper une demi-douzaine de morceaux au cours de la deuxième heure, je commençais de mieux maîtriser la lame mais le travail était éreintant. Avant de m'arrêter, je débitai encore un petit hêtre, que je sciai en trois longs segments, et rentrai à la maison par la route. Je n'avais plus la force de dévaler les prés en pente. Je ne sentais plus mes bras, mes jambes me portaient à peine, mon dos m'élançait et lorsque je quittai mes gants je découvris deux larges ampoules sur chacune de mes paumes rougies.

Le lendemain matin, je fixai sur le porte-bagages du vélo une caisse en planches que j'avais prise à la cave et allai chercher le bois coupé. Je fis deux voyages et revins prendre du petit bois dont il y avait à profusion. Je déposai mon butin derrière la maison, là où la réserve était entreposée à mon arrivée, et cela me parut si maigre, une fois étalé au bas du mur, que je repartis immédiatement. Mais je ne pus scier bien longtemps, les ampoules de mes mains m'en empêchaient. Assise sur un billot de pin, je regardais autour de moi le décor malmené tandis qu'un pic-vert tapait inlassablement contre un arbre, tac tac tac, je le cherchais des yeux, guidée par le son qui résonnait, mais je ne le voyais pas. Le pic, lui, et tous les animaux de la campagne et de la forêt me voyaient, même s'ils ne se montraient pas.

Je profitai de plusieurs jours de beau temps pour bûcheronner assidûment. J'avais bandé mes mains avec des morceaux de vieux drap découpés en lanières et je sciais avec méthode, de plus en plus efficacement. L'outil n'était pas très commode — lame mal aiguisée, scie trop lourde pour moi —, mais je me débrouillais tout de même. J'engrangeai ainsi un petit mètre de bûches, sur la largeur de l'auvent de l'atelier qui servait de réserve. Le bois n'était pas toujours très sec, il fumait dans la cheminée, mais c'était mieux que rien. Nous aurions de quoi tempérer la maison quelque temps.

Parfois je me persuadais que Nisa saurait très bien s'adapter à cette vie d'inconfort et de rigueur, à d'autres moments je m'effrayais à l'idée de la faire vivre dans un tel dénuement. Cela me prenait certains soirs, à la tombée du jour, quand le froid et la nuit me saisissaient, dans la maison obscure, et que la perspective d'avoir à passer la soirée dans le silence et la solitude me pesait au point de m'oppresser physiquement. Je sentais un étau resserrer ma poitrine, entraver ma respiration, une succession de petites dépressions se formaient au creux de mon ventre. J'aurais donné n'importe quoi pour être ailleurs.

Ce n'était pas le froid que je craignais le plus. Le corps s'y habitue, et puis on peut empiler les lainages, boire chaud, faire de l'exercice, se glisser sous les couvertures pour lire ou dessiner. Je n'avais pas peur que Nisa ait froid. Les enfants sont moins sensibles qu'on ne le pense aux variations de température. Moi-même, je vivais très bien avec quatorze degrés dans la maison, ce qui m'avait paru glacial à mon arrivée.

Mais la lumière, ou plutôt l'absence de lumière, voilà qui me semblait plus difficile à supporter. Le jour finissait de plus en plus tôt. La maison était déjà sombre, avec ses petites fenêtres et ses murs épais. Je devais trouver le moyen de faire rétablir l'électricité. Un matin je suis allée à la poste et j'ai appelé EDF. Il y avait dans le minuscule bureau deux cabines à l'ancienne, exiguës, fermées par une porte vitrée à petits carreaux, équipées chacune d'un annuaire, d'un tabouret et d'une tablette pour écrire. L'employée à la voix précise et un peu sèche qui a répondu m'a demandé l'adresse exacte de la maison, puis elle a dit « très bien » avant de préciser qu'un agent passerait sous quarante-huit heures. « Il faudra qu'il y ait quelqu'un pour le recevoir, a-t-elle ajouté. Je ne peux pas vous préciser l'heure de son passage. »

Quand je lui ai demandé quels documents je

devrais fournir, elle a dit « aucun », et le timbre de sa voix s'est fait légèrement plus aigu, comme si ma question l'avait un peu choquée.

— Nous délivrons l'électricité à qui nous en fait la demande. Nous n'avons besoin d'aucune justification.

J'étais éberluée. J'ai remercié vivement et j'ai raccroché. Je n'en croyais pas mes oreilles... Je suis sortie de la poste, absorbée tout entière par l'extraordinaire nouvelle, et je n'ai pas vu le 4 × 4 qui avançait dans la grand-rue. Un coup de klaxon prolongé m'a tirée de ma distraction et j'ai fait un bond sur le côté. J'ai reconnu, en même temps qu'il me faisait un geste d'excuse, le vigneron — devais-je dire viticulteur ? — de Saint-Loup. La voiture avait ralenti, j'ai cru qu'il allait s'arrêter, mais il a poursuivi son chemin. J'ai acheté quelques provisions à la boulangerie avant de repartir, je n'étais pas revenue en ville depuis une semaine et il me manquait à peu près tout. Les coupes de bois m'avaient affamée et j'avais mangé de meilleur appétit que d'habitude, épuisant mes réserves plus vite que prévu. Je devrais attendre encore deux jours avant d'aller en courses. Mais j'aurais donné bien davantage pour avoir aussi aisément le courant électrique.

Dans une société obsédée par le contrôle et si attachée aux preuves matérielles, aux biens tangibles, je n'en revenais pas que les choses puissent être si simples. La fée électricité portait bien son nom, pour une fois. Dans l'après-midi, alors que j'étais occupée à nettoyer la cuisine, j'entendis une voiture s'engager dans l'allée. Déjà ! ils venaient déjà… je me précipitai à la porte d'entrée sans même jeter un coup d'œil par la fenêtre. Je m'arrêtai net sur le seuil en voyant sortir le viticulteur de son gros 4 × 4 vert sapin. Mon premier réflexe fut de rentrer précipitamment et de refermer la porte derrière moi, mais je me retins et allai vers lui. Il s'était arrêté à la hauteur de la clôture du jardin.

— J'espère que je ne vous dérange pas.

— Non, dis-je en tordant mes gants de caoutchouc que j'avais gardés à la main.

— Vous allez bien ? Excusez-moi pour tout à l'heure, je ne vous avais pas vue.

— Moi non plus.

— Je vais à la ville cet après-midi, vous voulez que je vous emmène ?

— Impossible, cet après-midi c'est impossible. Merci. Merci beaucoup.

— Eh bien ! une autre fois peut-être. Dites-moi…

J'avais relevé brusquement la tête vers lui et plantai mes yeux dans les siens.

— Euh… rien, non, ce n'est rien. Alors, à la prochaine.

Et il partit. Je revins lentement à la maison, à la fois gênée et soulagée. Il n'y avait pourtant pas tant de gens qui s'offraient pour me donner un coup de main. Mais j'étais devenue terriblement méfiante et je perdais avec peine les défenses dont je m'étais entourée à Paris, bien inutilement d'ailleurs. Car personne là-bas ne s'intéressait à moi, et ceux qui me voulaient du mal, rien ne pouvait m'en protéger.

14

Je me suis fait attaquer un soir, par deux vagabonds, ou peut-être étaient-ce juste des voyous. Il faisait nuit déjà, ils ont commencé à m'insulter, puis se sont mis à me frapper. Ils tapaient avec ces mouvements imprécis qu'ont les alcooliques, visant mal, mais leurs coups étaient portés avec tant de brutalité et de sauvagerie que j'ai cru qu'ils allaient me tuer. J'ai supposé qu'ils voulaient me voler mes affaires, mais non, ils sont repartis en jurant, après m'avoir cognée tant et plus. Ils m'ont laissée bien amochée, je saignais du nez et de la bouche, j'avais des bleus partout, un mal de crâne effroyable, des bourdonnements dans les oreilles qui ont duré plusieurs jours, et des douleurs partout sur le torse et les membres.

Ce n'est pas que je m'attendais à ce que cela arrive, mais j'ai reçu ces coups comme quelque chose allant de soi. Je ne résistais pas, j'encaissais, je sentais les poings entrer dans ma chair, les semelles écraser mes mains, mon crâne, mais j'avais déjà admis ce niveau de violence, cela ne me surprenait pas. Je me disais voilà, c'est la fin, ce cauchemar va enfin s'arrêter, bon débarras ! et dans le même temps ce qui me restait de fierté, de dignité humaine se sentait outragé, s'insurgeait d'une telle déchéance. Je pensais à Nisa, je me concentrais sur elle pour mieux résister à la destruction. J'essayais d'entrer en moi-même, de quitter la surface qui recevait l'affront, je tentais de me loger tout entière dans le noyau dur de mon être, l'inatteignable centre où se rassemble le souffle patient de l'espèce, et je ne trouvais qu'un vide traversé par d'invisibles courants d'air, je sentais un grand vent me parcourir les entrailles et balayer l'intimité de mon corps malmené. Je n'avais plus aucun refuge.

Dans les jours qui ont suivi, je me suis sentie anéantie. Ma volonté s'était amoindrie, mon courage s'était affaissé, mon optimisme s'était volatilisé, ma conscience s'était obscurcie. Je fondais, je me délitais en miettes impalpables, en lambeaux qui s'envolaient, mon existence perdait ses contours, sa netteté, je me maintenais en survie grâce à d'invisibles fils tendus en dedans, qui commandaient à mon corps les gestes élémentaires. Jamais je n'aurais cru que j'affronterais si mal cette épreuve.

Mon esprit n'était plus tourné que vers ce halo trouble qui tremblait au loin, à l'extrémité de ce qui semblait un tunnel creusé dans la terre, interminable et froid, hostile, absorbant. J'avançais et c'est comme si le premier pas m'avait précipitée d'emblée dans le milieu du souterrain, de plain-pied, sans transition, tout le premier tronçon avalé en un clin d'œil. À peine entrée, déjà je me trouvais loin devant, sans qu'il soit plus possible ni permis de rebrousser chemin, tant l'obscurité était dense, telle une matière noire qui aurait obstrué le boyau derrière moi, interdisant le retour.

J'avançais toujours, je fixais la lueur minuscule, l'œil glauque et faible qui formait le point de fuite, l'aboutissement, le surgissement à la lumière, et aucun défilement n'était plus perceptible, ça ne grossissait pas au fond, rien ne bougeait, je marchais mais je n'avançais plus. Je me figurais vivre à l'intérieur d'un cauchemar et le ressort qui d'ordinaire déclenche le réveil, quand la sensation devient trop opprimante, la panique trop proche, ce ressort était cassé et la nuit demeurait, pleine de griffes tapies dans ses plis.

Par un renversement que je n'aurais pas cru possible — je n'étais jamais malade, je m'interdisais d'être douillette et traitais par le mépris les menues souffrances physiques —, mon corps imposait sa loi et sans doute était-ce là le seul régime de survie possible. J'ai eu des ecchymoses, des croûtes et des coquards pendant deux bonnes semaines, le contour de mes yeux a viré du violet au bleu marine, puis au vert, avant de passer au jaune orangé et de pâlir progressivement jusqu'à retrouver la teinte de la chair. Je n'osais pas me regarder dans les miroirs qui se présentaient çà et là, dans les vitrines ou aux devantures des cafés… J'avais tout à fait l'allure d'une cloche, avec mes vêtements déchirés, ma mise dépenaillée, mes yeux au beurre noir. J'avais dépassé le stade de la honte et apercevoir mon reflet m'arrachait parfois un rire bref, je ne pouvais pas rester complètement sérieuse devant une telle image de moi-même. Certaines douleurs persistaient, je devais avoir une ou deux côtes fêlées, cassées peut-être, certains mouvements du bras gauche m'arrachaient des gémissements de souffrance. Enfin je me suis rétablie, et j'ai retrouvé l'usage normal de mes membres.

Je découvrais une loi que j'avais ignorée jusque-là, celle de la matière, et un principe dont j'avais cru m'affranchir, celui du matériel. Non que j'en fusse humiliée, ou vexée, mais c'était quelque chose que je n'avais jamais pris en compte, et en cela j'avais eu tort, car la poésie ne concerne pas seulement l'éther et les hautes sphères de l'émotion, elle peut aussi se loger dans les détails les plus triviaux de l'existence, jusque dans la laideur et le sordide. Mais cette expérience-là me faisait défaut, si bien que je ne pouvais rien en retirer.

Cet épisode m'a fait changer de registre, me plongeant plus avant dans la déchéance et la laideur, que j'incarnais cette fois directement. Le premier choc passé, j'ai feint de considérer ça comme un accident, je me disais, ce sont des choses qui arrivent — bien que jamais cela ne me fût arrivé auparavant —, mais en réalité une fragilité demeurait, qui me maintenait dans la peur et la tension. Je ne me sentais à l'abri nulle part, et cette insécurité persistante dans laquelle je vivais maintenait tous mes sens en alerte. Une sorte d'instinct organique avait pris le relais de mon intelligence habituelle, une permutation s'était opérée qui ne me permettait plus d'avoir accès à l'*autre* intelligence, celle de l'intellect, qui ne m'était ici d'aucune utilité. À l'esprit avait succédé le corps, et j'étais bien forcée de m'en accommoder.

D'une certaine manière j'avais toujours refusé de me tourner vers la part sombre de l'humain, j'avais toujours cheminé sur les versants éclairés, exposés à la lumière vive, abandonnant résolument derrière moi les territoires du désastre et de la noirceur. En tant que poète, je cherchais à mettre en avant la beauté, si tourmentée fût-elle. Je croyais à la forme qui sauve, dans une ultime tentative de compensation, de contrepoids à la difficulté d'être, à la désespérance qu'inspire inévitablement la tragique condition humaine. Même lorsqu'il s'agissait de dire l'abjection, je tenais à le faire dans des termes qui l'élevaient, la portaient à un statut sinon estimable, du moins envisageable, l'exhumaient de la fange et la montraient nue, sans les atours grossiers de la perversion et du vice.

Cette position, dans la situation où j'étais rendue, je ne pouvais plus la tenir. D'une part parce que je n'écrivais plus et que je ne disposais plus du support de la poésie, d'autre part parce que ma vie elle-même avait pris la teinte blafarde des aubes grises et des journées plombées. Je n'avais pas perdu espoir, pas tout à fait, mais j'avais renoncé à croire en une rédemption de l'être par la sublimation de ses souffrances les plus vives.

D'une certaine manière, j'avais fait un pas en avant, mais je ne pouvais en avoir conscience alors, pas plus que je n'étais capable, dans le moment où je le vivais, de tirer profit d'une expérience qui absorbait toute mon énergie et faisait appel à la totalité de mes ressources intérieures, y compris celles que j'ignorais posséder. Mon existence s'était réduite à une misérable peau de chagrin, mais enfin j'étais encore en vie. Je pensais souvent à François Villon, et cela me faisait du bien.

Avec le mois d'août, Paris s'était alanguie, les rues étaient plus calmes, les trottoirs clairsemés. On sentait le ralentissement dû aux grandes torpeurs estivales. En quelque sorte, la pression se relâchait, mais la ville était triste et il lui manquait ce mouvement vibrionnant qui fait le charme des grandes métropoles, la trépidante agitation qui jamais ne se relâche, la lumière continue, la rumeur sourde qui épaissit même le cœur de la nuit. Je me sentais mieux, mon chagrin épousait la mélancolie ambiante, se transformait en une profonde nostalgie. Les souvenirs des étés précédents venaient ancrer ce sentiment dans une sorte de catalogue des plaisirs enfuis, des illusions perdues et des amours défuntes. L'atmosphère de Paris, l'été, se charge d'une lenteur pesante qui ternit toute gaieté, d'un ennui qui retient toute désinvolture et marque les souvenirs du sceau de la consternation.

J'ai passé beaucoup de temps au bord de la Seine, je traînais sur les berges, je m'allongeais sur les quais, je rêvassais en regardant l'eau couler ou les feuilles des peupliers frémir sous la caresse du vent chaud. Je lisais, relisais les trois livres que j'avais emportés, et que je connaissais par cœur déjà pour les avoir parcourus cent fois tant ils m'étaient précieux et chers, mais les mots ne résonnaient plus comme avant et le charme de la lecture ne fonctionnait plus, je ne parvenais pas à entrer dans un autre univers, pourtant familier. J'avais perdu le bonheur de l'évasion, je ne savais plus me laisser entraîner et porter vers d'autres contrées. Mais je ne renonçais pas et continuais de tourner les pages, espérant une étincelle, un télescopage, quelque miracle qui m'aurait fait retrouver le fil de la poésie, celle des autres et la mienne.

Un danger cependant me guettait là, que je ne

voyais pas encore, dont je ne percevais pas la sauvage détermination, que j'ignorais faute de pouvoir le distinguer dans l'ombre épaisse ou il se tenait tapi, patient ennemi attendant son heure sans faiblir, telle l'eau rongeant inlassablement la pierre sur les berges, forte du temps infini concédé à son travail de sape.

15

Les jours passaient, les semaines. J'avais maintenant l'électricité. De tous les appareils ménagers que j'avais pu remettre en marche, seul le chauffe-eau m'était utile. Je ne me servais ni du réfrigérateur (il faisait bien assez froid dans la cuisine), ni de la machine à laver (je n'avais qu'un seul pantalon et deux ou trois chemises), ni de la machine à coudre, ni du grille-pain, ni du robot mixeur. Il n'y avait, hélas! ni radio ni aspirateur. Je n'utilisais pas non plus le fer à vapeur, faute de vêtements à repasser.

J'avais reçu de l'assistante sociale un formulaire à remplir, long de plusieurs pages, ainsi qu'une liste de pièces à fournir, dont un certificat médical, une attestation d'assurance, un relevé d'identité bancaire. Ce genre de choses… Pas un mot sur Nisa. J'avais eu beau retourner l'enveloppe en tous sens, plier et déplier les feuillets, il n'y avait rien. Ce courrier me plongeait dans une colère désespérée. J'étais si triste que seule la fureur me permettait de tenir le coup.

La plupart des papiers que l'on me demandait se trouvaient à Paris, mais il ne servait à rien d'y aller tant que je n'avais pas de nouvelles du notaire. Certains jours, je me disais que je ne toucherais jamais l'argent de l'héritage.

Je me sentais prise au piège, dans cette campagne froide et sinistre où le brouillard enrobait tout jusqu'à midi certains matins, où il pleuvait parfois sans discontinuer pendant deux ou trois jours. Les arbres avaient perdu leurs feuilles, celles qui ne s'étaient pas envolées restaient accrochées aux branches nues, brunes et recroquevillées comme de petites mains crispées. Toutes les vivaces avaient fané, leurs feuilles et leurs tiges s'étaient affaissées et gisaient sur la terre gelée, les dernières fleurs égarées sur certains arbustes ou dans les parterres des jardins faisaient figure d'erreurs, d'anachronismes. Les animaux sauvages se terraient, les oiseaux ne chantaient presque plus, les grands rapaces tournoyaient dans le ciel blanc, en rondes régulières et patientes. Les vaches avaient regagné les étables. Les insectes avaient disparu, les grenouilles des abords de la rivière aussi, je ne voyais plus de lézards ni le couple de chauves-souris qui le soir dansait devant la maison.

Comme tous ces animaux, je subissais le grand sommeil de l'hiver, j'attendais je patientais, je ne faisais rien, je dépérissais, je me diluais peu à peu dans l'atmosphère cotonneuse et brouillée. À l'instar de toutes ces créatures, j'essayais de croire en une renaissance à venir, au retour du printemps, à la vie retrouvée. Je n'y parvenais pas tous les jours. Nisa me manquait, mais d'une manière de plus en plus diffuse, je ne souhaitais plus sa présence de la même façon qu'au début, non que j'eusse cessé de penser à elle (j'y pensais quotidiennement), mais le temps qui passait arasait l'inquiétude. L'attente s'installait entre douce résignation et patience forcée. Je m'habituais, je m'habituais à la solitude. C'est du moins ce que je croyais.

La lumière revenue, j'avais envisagé d'explorer les combles. On y accédait par une trappe de meunier, ouverte dans un angle du plafond de la cuisine. Une échelle était posée le long de la cloison, qu'il suffisait d'incliner et d'appuyer contre le mur. Depuis le dernier échelon, on poussait la trappe de l'épaule, puis on la calait contre les poutres basses du toit avant de se hisser dans le grenier. C'était une grande pièce au plancher nu et poussiéreux, à la fois vide et encombrée. Pêle-mêle y avaient été entreposés des meubles usagés, des malles, des cartons en pile, des étagères surchargées de vieux livres, des objets à moitié cassés, des lampes à l'abat-jour de travers, des chaises à trois pieds, d'antiques machines à coudre et un Gramophone d'un autre âge. Une ampoule pendait du plafond, dont la lumière implacable ne laissait dans l'ombre aucun recoin. Sous cet éclairage tranchant, le grenier ressemblait à quelque décor monochrome, à la teinte unifiée par la poussière en couche épaisse, figé dans l'immobilité des éternités sourdes et muettes. Il me fallut quelques jours et beaucoup d'hésitations avant d'entreprendre mes premières investigations.

Je ne cherchais rien, plutôt à mettre un peu d'ordre dans ce fatras et aussi — la pensée m'en était venue assez vite — à dégager cet espace pour en faire une pièce accessible, salle de jeux pour Nisa ou chambre pour nous deux. De la laine de verre avait été posée entre les poutres de la toiture, mais aucun revêtement ne la dissimulait. Entre les lattes du parquet on apercevait des rais de lumière qui filtraient de l'étage inférieur. Les murs latéraux, hauts de un mètre à peine, laissaient voir les pierres sèches grossièrement ajustées par un ciment. Les deux pentes du toit montaient vite et haut, si bien que le faîte se trouvait très au-dessus d'un plafond ordinaire. Grâce à cette pente raide de la mansarde, on se tenait debout presque partout dans la pièce.

Je fis tout d'abord quelques rangements de surface, mais cela n'eut pour effet visible que de soulever de grandes quantités de poussière que je voyais danser dans la lumière crue de l'ampoule suspendue. Enfin je résolus de vider les malles et les caisses, les bibliothèques et les cartons, et de trier leur contenu. Il s'était mis à faire très froid, et j'avais besoin de remuer. Je ne marchais plus, les routes étaient souvent verglacées, je ne coupais plus de bois, les troncs glacés me gelaient les mains. Le brouillard ne quittait plus les fonds de vallée, la campagne était recroquevillée sous la morsure du froid, les jours boudeurs se couchaient de plus en plus tôt, les nuits glaciales s'étiraient indéfiniment.

Je n'avais aucune nouvelle de Nisa, je tournais en rond, je voyais avec effroi passer les jours qui n'apportaient rien d'autre que cette pâleur givrée, ce silence compact déchiré de temps à autre par le croassement d'un couple de corbeaux en maraude. Le grenier m'offrait une occupation, même si j'avais quelques scrupules à fouiller dans les affaires des autres. Mais la plupart de ceux qui avaient rangé là quelque chose ne s'en souvenaient pas, peut-être même étaient-ils morts depuis longtemps.

J'ai trouvé du linge en quantité, des vêtements également, de la vaisselle et des couverts, des bibelots. Il se dégageait de ce lent déballage — je sortais les choses une à une, sans hâte — l'étrange émotion que l'on ressent à exhumer de l'oubli, du passé, de vieilles choses témoins d'anciennes vies, d'humbles reliques, jugées pourtant dignes d'être conservées par ceux qui les avaient entreposées, souvent bien pliées, emballées, protégées, dans l'idée qu'elles pourraient resservir un jour, renaître après un long abandon, revivre après l'épreuve de la relégation sous les toits.

Pris chacun séparément, ces objets n'avaient pas grande valeur (une douzaine de chemises à plastron plissé, un service de porcelaine, des bibelots en biscuit, des vases, des livres en éditions reliées, des cartes postales de vacances, des torchons de lin écru à bordure rouge, des outils usés, des bassinoires en cuivre), mais rien ne justifiait qu'on les jetât. Moi qui avais tout perdu, qui m'étais trouvée si démunie, qui avais manqué de tout avant de trouver ici le confort matériel, je déballais le grenier dans un sentiment mitigé de reconnaissance et de tristesse. Tristesse à la pensée de ce que j'avais laissé derrière moi, et reconnaissance envers ces objets qui m'offraient leur inutilité, leur absence au monde et auxquels je me sentais liée soudain, dans une semblable mise au rebut, une même disparition.

J'ai trouvé aussi beaucoup de papiers, des lettres, des cartes postales écrites à la plume, de cette écriture penchée qu'avaient les gens nés avant guerre. Je les ai lues comme si m'étaient adressées ces phrases banales et universelles, *Ma chère cousine, Léon a été bien malade, mais nous sommes maintenant sur la Riviera depuis octobre et cela va mieux. Je te souhaite de bonnes fêtes de Noël, ainsi qu'aux enfants et à Jacques, meilleurs vœux pour la nouvelle année… Chère Maman, Louise et moi passons de bonnes vacances à la mer, il y a beaucoup de vent mais ça n'empêche pas les enfants de profiter de la plage. Nous t'embrassons très fort… Ma cocotte, si tu savais comme j'aimerais te voir. Je viendrai sûrement à Chantenay pour Pâques, mais si tu pouvais m'envoyer 500 francs d'ici là, tu serais un ange. Baisers épris de ton Pierrot.*

Je me régalais de ces missives insignifiantes, de temps en temps un faire-part de décès montrait son cadre noir et les naissances s'annonçaient sur carton festonné, décoré de séraphins aux ailes ourlées de doré. Je tombai sur celui de Philippe et cela me fit un coup au cœur, deux petits nœuds bleus gaufrés de part et d'autre du carton glacé encadraient son prénom, suivi d'une date : 26 mars 1963. Je l'avais porté en terre moins de quarante ans plus tard. Je mis la petite carte dans ma poche. Durant les deux jours qui suivirent, je ne pus remonter au grenier.

Une lettre de Nisa vint me distraire, elle contenait plusieurs dessins et un petit mot rédigé d'une écriture malhabile et heurtée, qui ne pouvait être la sienne puisqu'elle ne savait pas encore écrire. *Maman chérie,* disait la lettre, *viens vite me chercher, on a un nouveau canari et je sais mettre la tête sous l'eau. Est-ce que tu viendras pour Noël ? Je t'aime.*

Tous les dessins étaient remplis de cœurs colorés, d'arbres triangulaires et de personnages filiformes aux membres démesurés. Ils étaient signés de sa main, je reconnaissais les grandes lettres capitales de son prénom qu'elle traçait déjà depuis plusieurs mois. Je retournai au grenier et ne lus plus les cartes et les lettres que dans l'espoir d'en découvrir une de Philippe. Tout ce qui m'avait réjouie dans ces courriers ordinaires ne m'intéressait plus et n'éveillait plus en moi l'émotion et la curiosité des premiers jours. Ce qui jusque-là m'était apparu comme des correspondances anonymes avait pris brusquement une autre dimension. Tout à coup je prenais conscience que ce passé que je sortais de l'ombre ne m'était pas totalement étranger. Cela rendait brusquement l'approche plus sensible, plus dangereuse aussi.

J'étais en train de fouiller dans le passé de Philippe, un passé d'avant sa naissance même, mais qui constituait son histoire personnelle, une part de son histoire du moins. Ce Léon, cette Jeanne, ce Louis, ces tantes Colette et Bernadette, ces cousins, ces amis de la famille, peut-être les avait-il connus, avait-il partagé avec eux un de ces moments de l'enfance dont on ne se dit pas à l'instant même où on les vit qu'ils sont heureux, mais qui ensuite nous apparaissent empreints de tranquille nonchalance, d'une sorte de plaisir diffus, grisant de plénitude.

Je trouvai une carte postale de Philippe à sa grand-mère, il devait être en colonie de vacances. *Chère Mamie*, avait-il écrit au dos d'une carte représentant le mont Ventoux, *on s'amuse beaucoup dans cette ferme. J'ai appris à traire les chèvres et à faire du fromage. Je vais t'en apporter. N'oublie pas de me garder de la confiture de framboises, tu sais la délicieuse que j'aime. Je t'embrasse bien fort, Philippe.* Le cachet de la poste indiquait juillet 1972, Philippe avait neuf ans.

16

Un jour que j'allais à la petite ville chercher quelques provisions, je croisai le viticulteur sur la place du marché. Il m'avait vue le premier et se dirigeait vers moi. Je ne pouvais pas fuir, et d'ailleurs je n'en avais pas envie. Loin du village, il ne m'impressionnait pas tant. Il se frottait les mains qu'il avait très rouges.

— Bonjour, dit-il, venez prendre un café avec moi.

Nous étions à deux pas du bistrot, il suffisait de traverser la rue principale. Il faisait froid et l'air était chargé de milliers de piquants mouillés et invisibles qui annonçaient la neige. Un vent du nord achevait de frigorifier tout ce qu'il touchait. Je suivis le viticulteur et la chaleur de la salle du café nous sauta au visage dès la porte d'entrée. Il s'assit à une petite table, sur le côté, celle-là même où j'avais pris place la première fois où j'étais venue ici. La serveuse vint vers nous d'un pas traînant.

« Un double express », dit-il. Et il fit dans ma direction un signe de tête qui signifiait, et vous ?

— Un… commençai-je. Je voulais dire un crème, mais le mot ne me venait pas. Un café aussi, avec du lait.

— Je ne vous ai pas vue ces derniers temps, vous n'étiez pas là ?

— Si, mais j'étais occupée.

— À quoi, si ce n'est pas indiscret ?

— Je… rentrais du bois. Et j'essayais de faire du… (jc voulais dire du rangement, je laissai la phrase en suspens). J'étais dans mon grenier.

Il rit, découvrant ses dents impeccables. Les cafés étaient arrivés. Il mit deux sucres dans le sien, but une gorgée, en rajouta un troisième.

— Je m'appelle Thierry ; et vous ?

— Marie. Marie Pons.

— Thierry Vallet.

Il me tendit la main par-dessus la table, je remarquai qu'elle avait perdu sa teinte rouge. Je la serrai très vite, pas fort.

— Vous allez rester longtemps à La Varenne ? Je vous demande ça parce que les gens qui s'installent sur la commune, on les compte. C'est plutôt le contraire. En général, ils s'en vont.

— Je crois que je vais rester un peu, oui. Si c'est possible.

— C'est confortable, votre maison ?

— Oui, ça va. J'ai juste des ennuis avec le… ah ! vous savez, ce qui ferme les bouteilles de gaz.

Les mots m'échappaient, au moment où j'allais les prononcer ils s'envolaient et disparaissaient. J'étais perplexe et confuse à la fois.

— La valve ?

— Oui, ce doit être ça.

Quelque chose me disait que ce n'était pas la valve, mais je ne me souvenais plus du mot poignée, à moins qu'il ne s'agisse d'un autre terme plus technique. J'avais essayé de changer la bouteille de gaz, il y en avait une pleine sous l'évier, mais j'avais été incapable de l'ouvrir et de l'ajuster au tuyau de la cuisinière. La bouteille que j'avais trouvée en arrivant était vide depuis deux jours.

— Je viendrai voir ça, si vous voulez.

— Je veux bien, oui, parce que j'ai essayé d'utiliser une clef à… enfin une clef… et je n'ai pas assez de force. Je crois que la… que le bouchon, enfin, que la valve est coincée.

Je m'exprimais comme une demeurée. Qu'est-ce qui m'arrivait ? Comment se pouvait-il que ce type me fasse un tel effet ? En sa présence, je me sentais complètement engourdie, comme si on m'avait donné un coup sur la tête. J'étais incapable d'aligner trois phrases. Je tentai de me reprendre. Après tout, je pouvais bien me confier à lui.

— J'attends ma fille. Elle devrait bientôt arriver.

— Vous avez une fille ? Mais quel âge a-t-elle ?

— Cinq ans. Elle est à Paris en ce moment. J'ai perdu mon mari, c'est un peu compliqué, je ne peux pas la faire venir tout de suite. Avant Noël, j'espère.

— Comment se fait-il que vous n'ayez pas de voiture ?

— Je n'en ai jamais eu. Je n'ai pas mon…

Encore un mot qui se dérobait. Je soupirai en le regardant. Il devait me prendre pour une folle ou une idiote.

— Vous n'avez pas votre permis ?

— Non.

Et, de manière inexplicable, je me mis à rire. Il éclata de rire à son tour et le fou rire nous prit tous les deux, les rares clients se retournaient, je ne pouvais plus m'arrêter et plus je riais, plus son rire redoublait, mais j'aurais tout aussi bien pu pleurer, ma situation n'avait rien de comique si ce n'était son absurdité, sa désarmante absurdité.

— Qu'est-ce que vous faites dans la vie ? demanda-t-il lorsque le rire nous eut laissés essoufflés et quelque peu hébétés.

Je ne pouvais pas lui dire que j'écrivais des poèmes, ce n'était plus vrai. Ni que j'avais étudié Villon et Rabelais, Clément Marot et Philippe de Commynes, et Marguerite d'Angoulême.

— Je suis…

Je voulais dire professeur, mais enseignante me vint d'abord à l'esprit, les deux mots se télescopèrent et ce fut « enseigneur » qui surgit à l'instant où j'allais le dire. Je me tus juste à temps et secouai la tête.

— Rien. Je ne fais rien du tout, en ce moment.

— Venez me voir à la propriété, j'ai du travail pour douze. Quand vous êtes dans Saint-Loup, vous voyez le cimetière, et la petite route qui descend à droite, le long de la vigne. La maison est à trois cents mètres à peine. D'ailleurs je dois y aller. Je vais vous déposer chez vous et nous allons voir cette bouteille de gaz.

Et avant que j'aie pu protester nous étions sortis, il faisait affreusement gris dehors. Je récupérai mon vélo sur la place et il le souleva comme une plume pour le rentrer à l'arrière de son véhicule. On bavarda dans la voiture. Les mots continuaient de me fuir à intervalles réguliers, ce qui donnait à la conversation un tour un peu haché, parfois comique.

J'en fis l'expérience le soir même à la maison. Alors que je lavais un petit saladier, l'objet m'échappa et se brisa dans le bac de l'évier. Tout en ramassant les morceaux, je pris conscience que je ne savais plus le nom de cette pièce de vaisselle. Ravier me venait, bol ou encore plat creux, mais aucun ne désignait le saladier. J'ouvris le vaisselier du salon et tentai de faire l'inventaire à voix haute : coupes, verres à pied, bocks, tasses, soucoupes, théière, pot à lait, ..., sucrier, assiettes, plats, ..., vase, carafe, ramequins. Sur chaque étagère il y avait au moins un objet dont j'avais oublié le nom. Je recommençai dans le placard de la cuisine, et ne pus nommer au moins trois ou quatre produits d'épicerie.

Curieusement, les mots les plus courants avaient déserté mon vocabulaire, et pas seulement les noms d'objets dont je ne me servais plus ou d'aliments que je ne consommais plus. Je me souvenais de noisette, mais pas de noix, ni de casse-noix d'ailleurs, peut-être par analogie. Une visite dans l'atelier le lendemain, où je ne m'étais pas trop attardée ces derniers temps (il y faisait glacial), acheva de me faire prendre la mesure du phénomène. J'avais oublié un certain nombre de noms d'outils, comme bêche, tournevis, et tenaille aussi. Je me souvenais de binette en revanche, et de serre-joint.

Dans un premier temps, cela m'a soulagée de penser que le viticulteur n'était pas seul en cause. Ensuite, j'ai ri en prenant conscience de ce qui m'arrivait. À force de ne parler à personne, les termes du langage s'évanouissaient un à un. Je perdais les mots… À Paris j'avais vu beaucoup de clochards monologuer à voix haute. La plupart tiennent des discours incompréhensibles, leur logorrhée se déverse, de plus en plus insensée à mesure qu'ils se laissent aller. J'en avais croisé un, dans les premiers jours de ma vie de rue. Il était debout face à un banc, sur une placette plantée de sophoras qui perdaient leurs fleurs, et invectivait un adversaire imaginaire. En même temps qu'il parlait il se pliait vers l'avant, en brusques mouvements saccadés de tout le corps. Il était légèrement bossu et sa bosse lui faisait, une fois son torse penché, comme un dôme posé sur son dos maigre. Son ressentiment explosait en un chapelet d'insanités qu'il éructait avec un curieux accent du Midi. Sa souffrance était horrible à voir, il parlait d'opéra — à moins que ce ne fût de la place de l'Opéra — et de choses incompréhensibles, on ne distinguait plus que les injures dans le discours qu'il postillonnait, gesticulant comme un fou, incapable de mettre un terme à son délire. Je m'étais fait le serment ce jour-là de ne pas me laisser aller à parler seule, cela conduisait immanquablement à une forme de folie, même s'il me paraissait alors impossible d'atteindre jamais le degré de décomposition mentale où était rendu ce pauvre bougre.

J'ai pris soin dès lors de ne pas dire tout haut les mots qui me venaient à chaque instant et que personne n'était prêt à écouter autour de moi. Je n'ai pas eu à faire trop d'efforts, surtout ici, à La Varenne. La seule personne que je voyais presque quotidiennement était la boulangère de Saint-Loup. C'était une petite boulotte aux cheveux rouges hirsutes qui affichait un air de mépris et d'exaspération permanents. Elle regardait ses clients droit dans les yeux, l'air de dire « qu'est-ce que vous me voulez encore ? C'est pas bientôt fini ce dérangement perpétuel ? ». On l'aurait crue furieuse d'être réduite à une fonction qu'elle jugeait médiocre, quand elle rêvait d'un destin d'exception. Je lui aurais volontiers parlé, mais elle n'a jamais eu la moindre intention de m'adresser la parole. Je n'avais pas de voisins, le premier bistrot était à dix kilomètres. Au cours de mes promenades, je n'avais jamais rencontré personne.

Il n'y avait personne à qui parler, donc je me taisais. En ville, on souffre de ne pas communiquer. Dans le désert de la campagne, c'est différent. On se sent plutôt un être vivant parmi d'autres, qui ne disent rien ou dont on ne connaît pas le langage. Je sifflais souvent dans la forêt, en réponse aux trilles des oiseaux, ou j'imitais les coassements des grenouilles. Je faisais la chouette aussi, et même le renard, qui pousse de courts jappements rauques, comme enroués. Mais je ne bavardais pas. Les propos qui se formaient dans mon esprit ne franchissaient pas mes lèvres, ils tournaient dans ma bouche, arrêtés par la barrière de mes dents, et repartaient en sens inverse, se perdant à l'intérieur de mon corps, dans des zones secrètes et mystérieuses où l'on n'a pas besoin de tant de mots.

Pour faire taire les plaintes et endiguer le désespoir qui me tenaillait, je m'interdisais le moindre dialogue intérieur, si bien que je n'avais même plus accès à cette sorte de conversation générale et diffuse que l'on porte en soi, à l'image de celle que tout individu social entretient avec le groupe, plus ou moins consciemment, blabla non dit, à peine audible à ses propres oreilles, mais qui constitue le substrat à tout échange de paroles, le viatique à toute entrée en contact par les mots. Et maintenant, voilà que les mots eux-mêmes m'abandonnaient. Je n'en revenais pas… Et d'ailleurs je crus qu'il s'agissait d'un dérèglement physiologique, telle une carence en magnésium, en zinc ou en un autre de ces métaux que notre corps consomme en quantités infimes mais dont il ne peut se passer. Je mangeais assez mal et sans grande rigueur, je devais manquer de quelque chose.

17

Je revins au grenier. Il y avait, en vrac dans des boîtes à biscuits en fer, des centaines de photos noir et blanc, petits formats à bord crénelé où figuraient toutes sortes de gens, en groupe le plus souvent, ou à deux ou trois, rarement seuls. La plupart de ces portraits ne portaient aucune mention, ni de date ni de nom. Là encore je découvris quelques clichés sur lesquels je reconnus Philippe, jouant avec d'autres enfants — ses cousins ? —, à table lors d'un repas de famille, monté dans un cerisier chargé de fruits. Moi qui l'avais connu mélancolique et ténébreux, je découvrais un petit garçon enjoué et rieur, facétieux, les yeux pétillants et le sourire facile. Parfois je croyais voir Nisa.

J'ai trié le contenu des malles et des valises. Lorsque je les avais ouvertes, j'avais vu qu'elles renfermaient du linge de maison et des vêtements, mais je n'avais pas été plus loin et sans doute n'y aurais-je pas touché si je n'avais, par le biais des papiers, pénétré dans l'intimité de cette famille, accédé à quelque chose qui m'émouvait, mais aussi m'entraînait dans un processus d'inventaire qui ne cessait de m'interroger. Ce que je sortais de l'ombre me renvoyait à ma pauvreté, au fur et à mesure que s'empilaient sur le plancher les draps de lin chiffrés, les nappes brodées, les chemises et les combinaisons de dentelle, les robes d'organza et de taffetas couchées dans du papier de soie imprégné de naphtaline, les capelines et les chapeaux, les gants de peau, les escarpins et les bottines, les costumes, les déshabillés et les robes de chambre en cachemire épais.

Une garde-robe d'un autre siècle avait envahi le grenier, telle une galerie de portraits chic et élégants. Tandis que je vidais les malles une à une, dépliais les sarraus d'étamine noire, sortais de leurs cartons des panamas et des canotiers, aérais des vestes de tweed et des robes de cocktail à large jupe virevoltante, je ne cessais de penser à ma condition misérable et au statut qu'avaient perdu de nos jours tous les objets, rendus périssables et éphémères par la consommation effrénée. Ceux que j'avais sous les yeux appartenaient à une époque différente. J'ignorais tout de leur histoire et pourtant ils me racontaient des hommes, des femmes auprès de qui les vêtements, la vaisselle, les outils, les ustensiles courants comme les objets précieux avaient le rang de compagnons, estimables et bien traités. On ne les remplaçait pas, on n'en changeait pas, on ne les jetait pas.

Certains m'ont été bien utiles à un moment où mes vêtements tombaient en lambeaux, où mes chaussures prenaient l'eau, où je n'avais ni bonnet ni gants. Je crus bien d'ailleurs ne jamais trouver à remplacer ma veste dont les coutures des manches avaient craqué et mon unique pantalon dont le tissu maintes fois raccommodé commençait de se déchirer par endroits, tant les vêtements que j'exhumais étaient inadaptés à la vie que je menais. Ce furent finalement des habits d'homme qui firent le mieux l'affaire.

J'avais d'ailleurs peine à croire que toute cette garde-robe rangée au grenier ait jamais pu être portée ici, dans cette modeste maison de campagne. Elle avait sans doute été apportée de la ville et entreposée là, pour débarrasser quelque placard qu'elle encombrait. Je remis tous les vêtements dans les grandes valises en cuir toilé où je les avais trouvés et dans les malles je reposai les robes à plat, le plus soigneusement possible. Je les ressortirais quand Nisa serait là…

Il me semblait par moments être Cendrillon visitant en cachette les armoires de ses demi-sœurs, et ce qui me sidérait le plus, c'était qu'entre ce luxe que je devinais (et que j'avais pu connaître moi-même, à certaines périodes de ma prime jeunesse) et la vie misérable que je menais désormais, il paraissait impossible de trouver un juste milieu. Comme si l'existence même de l'argent ne pouvait engendrer que des riches et des pauvres, à l'instar des contes où ne se rencontrent jamais de personnages intermédiaires. L'évocation d'un tel système, aussi diabolique et manichéen dans son acharnement à séparer, à éloigner, à créer de la rivalité et de l'antagonisme, ne cessait de me hanter et de me désoler, dans ce grenier silencieux et froid, tandis qu'approchait à grands pas le mois de décembre et ses sinistres acolytes.

Ici, dans le grenier, je revenais sur les traces de ma vie antérieure, par le biais de tous ces objets que d'autres avaient laissés comme autant de témoins de leur existence. En défaisant leurs valises, en épluchant leur courrier, je perdais une deuxième fois ce que j'avais abandonné derrière moi. Car si je ne savais rien de ceux qui avaient rempli le grenier, je percevais bien la vanité de leur désir de conservation, l'inanité de leur transmission. Au fond, rien n'avait été donné, aucun relais n'avait été établi, tout était enfermé, destiné à la poussière et aux mites, jalousement gardé pour un lendemain sans avenir. Les biens matériels ont ceci de démoralisant qu'ils occupent la place et obstruent l'horizon de leur encombrante et muette présence. Ils occultent, par leur seule consistance, tous les autres biens, ceux qui ne se voient pas et n'ont pas de réalité tangible.

Le leurre des objets et des biens matériels, je l'avais éprouvé dans la rue jusqu'à cerner parfaitement dans quelle aliénation nous tient la société de consommation. Lorsque l'on est privé de tout vient un moment où l'on est obligé de considérer d'un autre œil ce que l'on tenait pour acquis. Et ce n'est pas le manque de ces biens si estimables (un canapé, des vacances à la montagne, une belle paire de chaussures, une montre de luxe, une voiture) qui fait opérer cette rotation de l'esprit et des sens. C'est précisément le contraire. Le rejet, le mépris, la haine que l'on voue soudain à ces objets, à cette matière inerte et sans âme, à son inutilité, sa futilité, et l'importance démesurée qu'elle prend au regard du groupe entier, de la société dans son ensemble.

J'ai compris assez vite quelle révolution j'allais connaître, et pas seulement dans mes conditions de vie, dans ce changement que soudain m'imposait une loi inconnue, mais par le renversement de toutes les valeurs que signifiait mon exclusion. C'était comme se retrouver en prison, ou naufragé sur une île déserte.

Ici, au milieu de cet entassement d'objets morts, je repensais sans nostalgie à tout ce que j'avais laissé, toutes mes affaires, toutes mes *possessions.* Au moment de quitter l'appartement, ressortant cent fois de mon sac ce que j'y avais mis et l'y replaçant quelques heures plus tard, j'avais failli ne rien emporter. Cette ultime tyrannie des objets m'éreintait — je changeais d'avis sans arrêt — mais je ne pouvais m'empêcher de m'accrocher à une sélection que je croyais vitale. Une fois dehors, je ne pourrais revenir chercher ce qui me manquerait. Mais pour autant, je n'étais pas mieux renseignée sur ce dont j'aurais le plus besoin, car jamais je n'avais préparé les valises d'un tel voyage. J'avais beau réfléchir et soupeser l'utilité de tel vêtement, livre, objet usuel, rien ne me semblait absolument essentiel, hormis des choses qui seules me reliaient au présent en passe de disparaître quand il n'avait pas déjà sombré, photos de Philippe et Nisa, petits objets insignifiants mais que nous avions aimés tous les trois, fragments dérisoires de notre vie heureuse, définitivement perdue.

Ainsi que je l'avais pressenti, et malgré le soin que j'avais mis à la préparer, ma valise, une fois dans la rue, prit l'allure de ces fardeaux que l'on voit, dans les films de guerre, encombrer les fuyards, les réfugiés et les prisonniers en route pour quelque camp de la mort, mais serrant contre eux leur balluchon, vestige tangible d'un monde déjà englouti, ultime branche à laquelle se raccrocher quand on est en train de tout perdre.

Rien de ce qui me manquait ne pouvait se trouver dans un sac de voyage, et je sus dès les premières heures qu'il serait vain de tenter de reproduire un quelconque succédané de vie normale. Je n'étais pas en voyage, je n'étais pas à l'étranger, je n'étais pas livrée à moi-même dans une ville inconnue, j'étais une ombre condamnée aux zones d'ombre, une créature errante et misérable, un rebut tombé en disgrâce dans la laideur de l'envers du décor. J'étais passée de l'autre côté, là où plus rien de ce qui forme les repères matériels de l'existence n'avait droit de cité, dans un territoire aux lois physiques différentes, où l'eau ne coulait plus, où la saleté et la poussière accouraient, comme attirées par un champ magnétique affolé, où l'eau de pluie salissait, où la chaleur trempait, où les odeurs se concentraient, où les règles ordinaires n'avaient plus cours entre les êtres.

L'unique question qui surnageait de ce désordre brutal se réduisait à deux mots obsédants : comment s'échapper ? Mais dans le même temps où toutes les évidences matérielles s'étaient effacées, les réponses aux questions disparaissaient elles aussi, elles se volatilisaient à peine émises, tombant dans le puits sans fond des impossibilités absolues. On ne retraverse pas le miroir.

18

Un peu plus chaudement vêtue, je m'étais remise à marcher. Je croisais parfois des animaux, un chevreuil, un renard, un rapace perché sur un poteau de clôture. J'essayais, à travers ce contact avec la nature sauvage, de reprendre pied avec la part vivante de moi-même. Mes pensées étaient tout entières tournées vers la disparition, celle définitive de Philippe, celle provisoire de Nisa, celle de l'écriture, celle de l'humanité qui semblait s'être dissoute autour de moi, celle du langage enfin, et je tombais dans ce puits vertigineux sans pouvoir me rattraper à rien. Dans la campagne, les sens en éveil, retenus par le chant des rares oiseaux, l'odeur des sous-bois, la piqûre du froid, le contact de la terre meuble sous mes semelles, de l'écorce d'un bâton sous mes doigts, le goût d'une pomme ramassée au bord de la route, je parvenais à éloigner le sentiment de dépérissement, de dégradation dans laquelle ma vie avait sombré, comme si un cataclysme l'avait traversée, une guerre, une bombe atomique. Atomisée, oui, voilà ce que j'étais, irradiée par le souffle d'un grand chamboulement qui bouleversait sans ménagement l'ordre établi et les principes élémentaires.

J'étais seule, je me sentais complètement étrangère, différente des gens que je croisais à la petite ville voisine, ou que j'imaginais vivre dans la campagne environnante. Non seulement je n'avais pas de lien avec eux, mais rien ne nous permettait de nous retrouver. La forêt, superbe, était toujours vide, personne ne s'y promenait. Le paysage agricole était malmené et ceux qui étaient chargés de l'entretenir le défiguraient, quand ils ne le détruisaient pas tout simplement. Ce qui m'apparaissait comme une richesse — l'espace, la nature, le silence — semblait n'intéresser personne. L'indifférence régnait en maître, partout. Que s'était-il passé pour que le monde dans lequel je vivais se transforme ainsi en un vaste chaos blasé, une absurde marche vers un but ignoré, vain et funeste puisqu'il parsemait le chemin pour l'atteindre de destruction et d'abandon ?

Était-ce moi qui, en perdant Philippe, avais perdu toute capacité à voir les choses autrement que dépeintes sous un jour sinistre, effrayant et décourageant ? Mes semblables me faisaient peur, ils m'apparaissaient redoutables et dangereux, incompréhensibles. Je ne parvenais pas à retrouver une place, comme si l'avoir perdue lorsque je vivais exclue, bannie du groupe, m'avait ôté toute possibilité de revenir en son sein. Je me sentais coupable, mais je ne savais pas de quoi. Je tentais de me raccrocher aux activités humaines des origines, de retrouver les réflexes de survie les plus primordiaux, ceux qui avaient permis à l'espèce de résister, puis de s'imposer. Je passais du temps au jardin, dans l'attitude de celui qui cherche à apprivoiser, vaguement timide et distant, insistant, emprunté.

J'avais trouvé dans le grenier un almanach du jardinage et j'y découvris qu'on pouvait s'occuper dehors en décembre. Il y avait dans le jardin un certain nombre d'arbres fruitiers, vraisemblablement des pommiers et des poiriers. La plupart n'avaient pas été taillés depuis des années, et leurs branches étaient couvertes de mousses et de lichens en couche épaisse. Les quelques feuilles brunies qui restaient accrochées témoignaient de leur vivacité, mais ils n'avaient pas dû donner de fruits depuis longtemps. L'almanach expliquait comment les traiter. Je comprenais ce que je lisais et, hormis quelques termes techniques que j'étais sûre de ne pas connaître, comme huile d'anthracène, taille trigemme, fumure phosphopotassique, je n'avais aucun mal à suivre le fil du texte et à en saisir le sens. Cela me rassura.

J'ai entrepris de traiter les pommiers et les poiriers, et cela n'a pas été simple, car je ne disposais que d'un vieux pulvérisateur en cuivre dont le tuyau était percé. Mais je m'étais mis en tête de débarrasser ces arbres de leurs parasites, persuadée qu'ils se remettraient à donner des fruits en abondance, et je me suis acharnée, perchée sur un escabeau mal assuré, à vaporiser chaque branche soigneusement, à deux reprises, transportant mon matériel d'un arbre à l'autre, manquant tomber, recevant une partie des pulvérisations lorsqu'une saute de vent rabattait le nuage d'huile vers moi, sans que je puisse y échapper, déjà fort occupée à conserver l'équilibre précaire qui me retenait à l'escabeau.

J'aurais voulu tailler les arbustes fruitiers — j'avais reconnu des framboisiers, je supposais qu'il devait y avoir également dans la même allée des groseilliers et des cassissiers —, mais ils formaient un buisson si dense qu'il était impossible de démêler les branches les unes des autres. Les croquis de taille que proposait l'almanach n'étaient en rien adaptés à une friche dans laquelle je ne pouvais entrer la main. Je ne savais comment suivre leurs conseils, et j'hésitais sur chaque phrase. Finalement, je me suis mise à plat ventre, au ras du sol, et j'ai coupé chaque branche l'une après l'autre, à vingt centimètres de hauteur. Je comptais sur la vigueur de ces espèces pour faire fi de la sauvagerie du traitement.

J'ai taillé aussi les rosiers, de manière moins brutale mais assez sévèrement, car ils envahissaient de leurs rejets garnis d'épines des pans entiers du jardin. La grand-mère de Philippe devait les aimer beaucoup car il y en avait en quantité, d'espèces variées, à en juger par la taille et la couleur des feuilles. Avec le temps ils s'étaient considérablement étendus et avaient débordé très largement des supports auxquels ils étaient accrochés. J'ai tenté de suivre les conseils de l'almanach, je me perdais un peu dans les histoires d'yeux dormants et de nœuds, mais dans un premier temps il s'agissait surtout d'alléger la masse des rameaux enchevêtrés et de dégager les tiges principales. Je prévoyais de donner une forme plus tard, au début du printemps.

J'ai coupé toutes les branches mortes et rétréci les plus longs rameaux, je me piquais beaucoup et lorsque je tirais une longue tige de l'écheveau qui la retenait au buisson d'épines, il arrivait qu'elle me cingle le cou ou le visage. J'avais l'impression de me battre, comme lorsque j'avais jardiné la première fois. De la même façon, j'avais le sentiment d'un corps-à-corps, d'une lutte entre le végétal et moi.

J'avais profité de quelques jours cléments et ensoleillés, une nouvelle vague de froid et de gelées me fit retrouver la maison et la cheminée. J'avais les mains striées de griffures, le dos moulu et les yeux me piquaient, d'avoir reçu trop de produit traitant. Le jardin ne se laissait pas apprivoiser facilement, mais cela me plaisait d'approcher ainsi la nature. Dans ma tentative de m'immiscer dans ce territoire cultivé, déjà domestiqué bien que rendu trop longtemps à lui-même, entrait aussi une volonté de dialogue, si réduit et limité fût-il, avec d'autres êtres vivants. Durant quelques jours, j'avais oublié la fuite des mots, et ceux du jardin m'avaient paru résister à l'oubli.

Je suis remontée dans le grenier avec une certaine appréhension, mais je devais finir ce que j'avais commencé et assigner aux choses une place qui ne laissât pas à la pièce un air de désaffection trop apparent. Je n'avais pas exploré le coin gauche, au sortir de la trappe, laissé dans l'ombre par l'ampoule du plafond, et dans lequel je comptais remiser les malles et les valises.

Mes investigations prenaient un tour nouveau, car désormais je ne me contentais plus de sortir les choses et de les regarder, avant de les ranger à nouveau. J'essayais de leur donner un nom. Il ne m'avait pas semblé, lors de mes premières fouilles et au cours des rangements, avoir perdu le nom des objets, leur désignation. Mais je n'avais pas cherché non plus à les appeler, je n'avais pas besoin de dire ce que j'avais dans les mains pour voir que c'était un pot de chambre ou une lampe. Je pris un bloc de papier jaune et entrepris de dresser la liste des objets trouvés : une malle contenant trois couvertures de laine (une bleue, une beige, une jaune), deux traversins de plume et deux oreillers carrés. Une valise contenant des costumes d'homme dépareillés, des chemises blanches (4), des cols durs (6), des cravates (4). Un coffre renfermant douze draps en lin chiffrés (JC en lettres rouges, en bas à droite) à bordure simple, et dix draps de dessus à bordure ajourée, parfois festonnée. Un drap brodé des lettres T et L entrelacées, entourées de fleurs et de feuilles. Des taies assorties. Des napperons de dentelle, des rideaux au crochet, des dessous-de-vase brodés au point de croix, des chemins de table…

J'ai arrêté assez vite. J'avais oublié une quantité effrayante de mots et je ne savais plus nommer un bon quart des objets dont je dressais l'inventaire. J'avais côtoyé, déplacé, déplié, replié, remis en ordre ces objets familiers et quotidiens sans pour autant m'apercevoir que j'avais perdu le fil qui les reliait au langage. Cela avait dû venir progressivement. Je ne pouvais croire qu'à force de ne plus parler j'aie pu perdre l'usage de la langue. Il arrive que l'on soit seul pendant quelques semaines, et cela ne rend pas muet. Les explorateurs solitaires, les alpinistes, les navigateurs ne voient personne des jours durant et n'en conservent pas moins leur langue.

Était-ce possible que l'abandon de la poésie m'ait ôté jusqu'à l'essence du langage ? J'ai ressorti la machine à écrire (sans doute pensais-je que la présence des lettres sous mes yeux m'aiderait à trouver mon chemin) et j'ai tenté d'assembler cet alphabet, de construire une phrase, puis deux. Des choses simples, descriptives, élémentaires.

Le ciel est gris, les nuages, la nuit va tomber, le poirier devant la maison, les toits de la grange, l'horizon, le feu dans la cheminée, la main de Philippe, la lettre x, pourquoi, merci, j'ai envie, tout à l'heure, un café, des chaussures pleines de boue, je ne crois pas, un imperméable, ça fait mal quand on se coupe, je voudrais te voir, pas encore, il fait froid dans les toilettes, explique-moi ça.

Il me restait du vocabulaire, tout de même, les mots n'avaient pas tous disparu. J'ai continué, mais en réalité je tournais en rond, j'écrivais toujours les mêmes choses, je répétais ce que je savais encore dire, m'accrochant à cet exercice sans m'apercevoir que je n'avançais pas dans la reconquête de mon vocabulaire, bien au contraire.

Tu vas voir, de quelle couleur est cette assiette, comment s'appelle votre fille, le bois fume dans la cheminée, un carré de chocolat, c'est tout de même malheureux, à quoi sert cette prise, une tache bleue sur le mur, je ne sais pas si c'est possible, couleur d'encre, exactement, on pourrait y aller, oui, bien sûr il l'a fait exprès, ce n'est pas tout à fait pareil, je crois qu'elle a dit que non, on ne va pas aller loin, tu veux un œuf?

Moi qui avais vécu avec les mots et par eux, je les laissais partir, je les relâchais comme un pêcheur rejette à la mer son filet, rendant à l'eau vive son butin aux mille éclats d'argent. Les mots qui m'avaient accompagnée, bercée de leur musique toujours réinventée, s'en allaient, s'éclipsaient en douce, sans bruit, et cette fuite liquide, à pas feutrés, m'était plus violente qu'un déchirement brutal, elle me faisait l'effet d'une impensable trahison, d'un choc effroyable. C'était comme perdre son sang par une infinité de coupures superficielles et sentir la vie s'en aller sans pouvoir endiguer le flux, éprouver le lent vertige de la chute, voir les éclairs pâles des étoiles explosant à l'arrière de l'œil, sur le fond noir du vide intérieur.

C'était mourir.

19

Août touchait à sa fin, après de longs jours interminables, des orages et des moments de découragement que rien ne venait éclairer si ce n'était l'espoir de revoir bientôt Nisa. Je la savais partie en centre de vacances. J'attendais. J'attendais septembre, j'attendais la rentrée, le retour du notaire, le changement de saison, j'espérais quelque chose qui ne venait pas et dont je n'entrevoyais pas la nature exacte, dans l'état de stupéfaction morose où je naviguais, tantôt accablée, tantôt fataliste, acceptant mon sort comme il venait, sans plus de prise sur mon destin que pluie sur plumes de canard.

La métamorphose qui affectait ma vie m'invalidait au point que je ne pouvais plus m'attrister sur mon sort, une forme de curiosité, celle que procure le choc de la surprise, m'en empêchait. J'étais si passive que j'avais tout le loisir de me retourner sur moi-même et de contempler la situation, si désastreuse fût-elle. Et ce que je voyais achevait de me dérouter.

Tout ce qui jusque-là allait de soi et constituait la base évidente, l'élémentaire, était devenu la préoccupation majeure. Tout ce qui, au contraire, avait le plus d'importance à mes yeux avait tout simplement disparu. À ce moment, j'aurais pu encore redresser la barre, aller trouver mes derniers amis, leur demander secours, me remettre à flot, chercher du travail. Mais quelque chose m'en empêchait. Une sorte d'apathie, de résignation stupéfaite s'était emparée de moi et me retenait là, au ras du trottoir, dans la plus parfaite indigence. Ce n'était pas seulement la perte d'un être cher, c'était bien davantage, mais je ne saurais l'expliquer autrement que par le besoin impérieux d'un profond changement, même si cela peut paraître surprenant de vouloir tomber si bas.

L'automne arrivait à grands pas, avec ses bourrasques et ses tombereaux de nuages, la ville était sale, polluée, grincheuse et agressive, comme si, de retour de vacances, les gens cherchaient à se venger de l'emprise du grand moulin qui les broyait, qui les arrachait aux plages ensoleillées, aux campagnes dolentes et aux berges douces des torrents. Je regrettais la nonchalance du mois d'août. J'avais alors abandonné presque toutes mes affaires, réduisant mon bagage à l'essentiel, un petit sac à dos en toile plastifiée dans lequel je transportais les quelques objets dont je me servais *tous les jours.* Les autres, j'y avais renoncé.

Je me déplaçais ainsi plus facilement et puisque j'avais abandonné l'idée de trouver un abri durable, permanent, j'entrepris de couvrir cet espace qui m'était imparti, l'immense espace de la ville entière. Je me mis à circuler beaucoup. Entre deux périodes de marche je passais pas mal de temps sur les bancs, assise ou allongée. J'y dormais souvent. Ce n'est pas confortable, mais on s'habitue. J'avais un grand imperméable très enveloppant qui convenait bien à ce support, il ne faisait pas froid et je connus deux ou trois semaines assez reposantes, presque agréables, sans incident particulier.

Il me restait encore un peu d'argent pour acheter du pain et du fromage, les fruits je les ramassais sur les marchés — il s'en jette tous les jours des quantités parfaitement comestibles —, peu à peu j'avais élaboré une formule alimentaire qui me rassasiait sans m'écœurer, et qui me semblait relativement équilibrée. De temps en temps je m'offrais une soupe dans un restaurant chinois du XIXe arrondissement. On m'y a toujours servie. Hélas ! ceux qui me recevaient ne parlaient pas le français, ou si mal qu'il était impensable de discuter un tant soit peu avec eux. Manger chaud, lorsqu'on vit dehors, est la chose la plus agréable au monde. Les soupes chinoises m'ont remonté le moral comme personne n'a su le faire pendant des mois.

Donc je marchais et je regardais vivre cette ville de l'intérieur, à la manière d'un ver installé dans un fruit, d'une souris tapie dans un boyau, je la parcourais et je traversais le mouvement, l'empressement, le va-et-vient constant des citadins, j'étais au spectacle, des immeubles qui se construisaient, d'autres qu'on réparait, ravalait, sablait, des trottoirs que l'on crevait, rebouchait, bitumait, des gares qui se vidaient le matin d'innombrables passagers pour les réabsorber le soir venu, des rues qui charriaient voitures et camions, autobus, motos, vélos, toute cette activité des hommes et de leurs machines, des hommes en combinaison de travail, d'autres en complet, d'autres en uniforme d'employé, pantalon-veston, des milliers de gens différents, des femmes, des enfants, des vieillards, des Noirs, des Indiens, des Arabes, des Chinois, des Grecs, des Juifs, des couples, des familles, des solitaires, des handicapés, des sourds-muets, des savants, des incultes, toute cette population malaxée par le travail, par l'école, par les affaires, par le marché, prise par des occupations, des activités, des réunions, des trajets, embarquée dans des millions de destins individuels, cela me fascinait et me réconciliait avec mon état, car j'étais là moi aussi, d'une certaine manière, j'avais ma place dans ce vaste maelström, il y avait des trottoirs pour recevoir mes pas, des bancs pour accueillir mon corps, des marchés de rue pour me nourrir, des boulangers pour cuire mon pain et même des réverbères pour m'éclairer la nuit. Je pouvais vivre moi aussi dans la grande cité devenue ma maison.

J'ai fini par abandonner les bancs, il pleuvait trop. Aucun n'est abrité. Une semaine de pluie continue me précipita vers des lieux plus couverts. Je fréquentai quelque temps le dessous des ponts de chemin de fer et leurs remblais, mais je n'aimais pas le bruit de ferraille que font les trains de banlieue lorsqu'ils quittent Paris, tout brinquebalants, zigzaguant au milieu des aiguillages, comme ivres.

Il existe un envers de la ville, que l'on ignore d'ordinaire mais qui apparaît lorsqu'on vit dans la rue. Ce sont les terrains vagues, les zones intermédiaires, souvent à la frontière entre deux types de constructions, le revers des ouvrages, les soubassements des structures lourdes de la voirie, le support dur et sans âme de la ville, le béton nu, les voies entrecroisées, les parapets, les contreforts, les échafaudages, les friches suburbaines, à demi laissées à l'abandon mais trop travaillées pour revenir à l'état de nature. Ce ne sont pas des lieux où l'on vient, ni des lieux où l'on séjourne, à peine des lieux où l'on passe. Mais ce sont de bonnes cachettes. Laides et tranquilles. C'est là que j'ai trouvé les endroits les plus *habitables*, à défaut d'être les plus sûrs.

Je me suis habituée à la laideur, tout comme je

m'habituais à ma propre dégringolade. Mais je n'ai jamais pu séjourner longtemps dans ces marges de la ville, dont on pourrait croire pourtant qu'elles sont à l'urbanisme ce que les clochards sont à la société des hommes, des espaces de ban, d'en-dehors, je n'ai jamais pu car précisément la superposition de deux exclusions, celle de l'homme et celle du territoire occupé, rendait la solitude plus criante, plus insoutenable. Pas de passage, pas de boutiques, pas de vie, c'est plus que ne peut en supporter un vagabond, déjà écarté de la circulation normale des biens et des personnes.

Il m'est arrivé d'y dormir, d'y passer des journées pluvieuses, mais bien vite je retournais au cœur du mouvement, dans les rues bordées d'immeubles, d'écoles et de commerces, je regagnais les espaces de vie, de présent. Dans les terrains vagues des bordures de périphérique règne une atmosphère sinistre de lendemain de catastrophe, comme si ne devaient survivre de notre monde que ces ouvrages dénaturés, grandioses et monstrueux, que rien ne peut intégrer ni désintégrer. On a l'impression de vivre dans un avenir d'après-l'homme, et ce futur où ne subsisterait que l'inanimé, l'indestructible béton armé et les grands rails de métal qui soutiennent les voies rapides, est infiniment triste, car il rend compte de la vanité, de l'orgueil et de la démesure de l'humanité, sans que l'on puisse y trouver la moindre trace de quelque chose qui relèverait du langage du cœur.

Je ne restais jamais longtemps dans ces endroits déserts, ils m'inspiraient une sorte de peur qui dépassait la peur courante de passer mes nuits dans la rue — j'avais toujours peur, de la même manière que j'avais toujours plus ou moins soif ou sommeil — et ressemblait plutôt aux terreurs irrationnelles que l'on nourrit, enfant, à l'égard des loups ou des fantômes cachés dans quelque recoin noir, tapis au bout de couloirs sombres, à l'affût derrière les rideaux. C'est que m'apparaissait, par-delà l'environnement uniformément gris de ces territoires oubliés, maudits, l'ombre soudain effrayante de la machine folle qui gouverne les sociétés humaines, les pressant, les poussant devant elle tel un troupeau d'oies affolées et caquetantes, les dirigeant de sa badine ferme et impitoyable vers le gouffre qui allait bientôt les engloutir, tandis que, jacassant sans cesse et se bousculant, les imbéciles ne percevaient de l'élan qui les entraînait à la mort qu'un frémissement vaguement offusquant, mais assez stimulant pour qu'ils s'y abandonnent avec zèle, devançant la baguette, aveugles au but même de leur course insensée.

Je comprenais, reléguée dans les espaces perdus de la ville, que pas plus que moi ne dureraient les puissants qui croyaient actionner les leviers de la machine en question, et que si mon sort était lié au leur, leur destin suivait le mien en tout point et que nous tomberions ensemble, de part et d'autre d'une même falaise. Cette pensée me désolait plus que toute autre car elle faisait naître en moi le sentiment d'une impuissance extrême et d'une inanité telle que je n'en avais jamais ressenti. Là, dans ces territoires pensés pour personne, faits pour demeurer en dehors des regards et des fréquentations, je suis tombée si bas que j'ai songé à ne pas revenir. Il suffisait de rester où j'étais, de me laisser saisir par la faim et la fatigue et d'attendre la délivrance.

20

En quelques jours, la situation s'est dégradée au point que je ne pouvais presque plus parler. Désormais, à l'endroit où d'ordinaire séjourne le mot dans l'esprit, il n'y avait plus qu'un trou. Non que la mémoire me fît défaut, mais l'objet n'avait plus de nom, le mot correspondant avait complètement sombré, je n'imaginais même pas qu'il eût pu exister un jour. J'aurais été incapable de tenir une conversation, même élémentaire. Je m'efforçais de me concentrer et après avoir essayé de nommer ce que j'avais sous les yeux, je fis appel à des ressources plus intérieures. J'avais appris des centaines de vers, peut-être la poésie, à défaut de me visiter, pourrait-elle me rendre un dernier service ? Je fis appel à ma mémoire, et cela sortit.

Allé s'en est, et je demeure
Pauvre de sens et de savoir,
Triste failli, plus noir que meure,

Qui n'ai ni cens, rente, n'avoir ;
Des miens le moindre, je dis voir,
De me désavouer s'avance
Oubliant naturel devoir
Par faute d'un peu de chevance.

Les vers venaient en bouquets, je les disais tout haut et aussitôt je me demandais : mais qu'est-ce que ça veut dire, déjà ? et à la différence des objets dont j'avais perdu le nom, mais dont je conservais, de temps à autre, l'usage, à ces mots qui me restaient ne correspondait plus aucun sens, aucune image mentale, aucun lien à une quelconque réalité. La langue du XVe siècle m'avait été aussi familière que celle que je pratiquais tous les jours et malgré tout il me semblait la découvrir au fur et à mesure que je la prononçais. Cela ajoutait au trouble et dans le même temps, que ces vers soient restés fixés en moi les rendait chers, précieux, malgré leur étrangeté.

Amour et mort m'ont fait outrage
Amour me retient en servage,
Et Mort, pour accroistre ce dueil,
A prins celluy loing de mon œil
Qui de près navre mon courage.

Hélas, Amour, tel personnage
Te servoit en fleur de son aage,
Mais tu es ingrat à mon veuil

De souffrir guerre et son orgueil
Tous ceulx qui t'ont faict hommage

Si c'est à mon cœur advantage
De ce que son noble corsage
Gist envers loing de mon acueil;
Car si j'avois veu son cercueil,
Ma grand douleur devriendroit rage.

Je persévérais. Car de temps en temps je retrouvais le sens, et même le double sens de certains vers que j'avais étudiés, disséqués par le menu, tant et si bien que j'en conservais l'explication, la signification particulière, telle une lampe éclairant dans la nuit noire le livre de chevet.

Mon seigneur n'est ni mon évêque,
Sous lui ne tiens, s'il n'est en friche;
Foi ne lui dois, n'hommage avecque,
Je ne suis son serf ni sa biche.

J'avais tant travaillé sur ces quatrains et ces quintils, j'avais tellement fouillé la matière de cette poésie que j'en connaissais le moindre détour. Toutefois j'y cheminais comme sur une route tant de fois parcourue que l'on est guidé par ses seules jambes, sans avoir besoin de recourir à autre chose qu'au mouvement réflexe. Les pieds font le travail, la tête peut être ailleurs. On ne distingue plus les détails adjacents, on ne regarde plus la portion de terrain traversée, on passe, aveuglé par l'habitude, happé par autre chose, quand l'esprit sait qu'il peut se reposer sur un automatisme du corps qui prend en charge les données physiques de l'action.

Ayant perdu toute familiarité avec ce qui auparavant m'était si ordinaire, j'en venais à m'interroger sur la fidélité de ma mémoire. Ce qui me revenait me saisissait parfois de son étourdissante fantaisie, au point que je doutais tout à coup. Et si tout cela n'était qu'une élucubration issue de mon cerveau malade.

Fourbissez votre ferraille
Quotinaille, quetinailles,
Quoquardaille, friandeaux,
Garsonaille, ribaudaille,
Laronnaille, brigandaille,
Crapaudaille, leisardeaux,
Cavestraille, goulardeaux,
Villenaille, bonhommaille,
Fallourdaille, paillardeaux,
Truandaille et Lopinaille
Aiguisez vos grands couteaux.

J'avais l'impression de parler une langue étrangère, dont la musique me berçait. C'est ce qui demeure de la poésie lorsqu'en disparaît le sens. Seuls subsistent la ligne mélodique, le phrasé, la scansion. J'espérais saisir, au détour d'une phrase, une image, un groupe de mots qui aurait soudain résonné, pris un sens, mais la récitation ne formait plus qu'un fil démesuré qui sortait de ma bouche, aussi incongru qu'un crapaud ou une rose jaillissant des lèvres d'une sorcière ou d'une fée.

Parfois le son me guidait :

Écoute, bûcheron, arrête un peu le bras ;
Ce ne sont pas des bois que tu jettes à bas ;
Ne vois-tu pas le sang lequel dégoutte à force
Des nymphes qui vivaient dessous la dure écorce ?

J'entendais bûcheron et je me souvenais du bois scié et des jeunes troncs découpés. Les nymphes me parlaient de Nisa et la dure écorce éveillait dans mes paumes le souvenir d'ampoules et de gerçures. Mais l'exposition à la lumière d'un pan de ma mémoire ne me permettait pas de retrouver la compréhension immédiate, instantanée, de tout le texte. Je reconnaissais quelques mots, mais ils émergeaient isolés, déplacés, et leur soudaine apparition — je les prononçais inlassablement, dans l'espoir de les conserver plus longtemps — me laissait dans la bouche un goût d'une amertume infinie.

Je vis, je meurs : je me brûle et me noie.
J'ai chaud extrême en endurant froidure :
La vie m'est et trop molle et trop dure.
J'ai grands ennuis entremêlés de joie :

Tout à un coup je ris et je larmoie,
En un plaisir maint grief tourment j'endure
Mon bien s'en va, et à jamais il dure :
Tout en un coup je sèche et je verdoie.

J'envisageai d'aller voir le viticulteur, mais je renonçai, comment expliquer ce qui m'arrivait, la panique me prenait à la simple pensée de me trouver devant quelqu'un. Je ne pouvais tout de même pas substituer au langage courant les poèmes du XVIe siècle…

Un chagrin survenant mille chagrins m'attire
Et me cuidant aider moi-même je me nuis,
L'infini mouvement de mes roulants ennuis
M'emporte, et je le sens, mais je ne puis le dire.

Je n'étais même plus assurée de comprendre ce que l'on me répondrait. J'étais tombée dans une telle abstraction lexicale — cela me fait sourire d'écrire cela après avoir été incapable de retrouver des mots comme cornichon, aiguille, table, oui ! table — que je ne faisais plus que tourner en rond, j'allais d'un point à un autre de la maison, je revenais, je croyais chercher quelque chose mais bien sûr je ne cherchais rien d'autre que ma parole perdue.

Je ne comprenais pas ce qui m'arrivait, il me semblait tomber sans cesse dans un gouffre, comme dans le sommeil ces chutes étranges qui provoquent un léger haut-le-cœur et un frémissement du bout du pied qui croit avoir raté quelque marche et touché un instant le vide du précipice. Ces minuscules vertiges, répétés des dizaines de fois par jour, m'épuisaient. À force de ne parler à personne, les mots que j'avais en moi s'étaient enfuis. J'avais cru au plus grand des malheurs en perdant Philippe et en abandonnant notre fille, j'avais été désespérée de me retrouver à la rue, mais je comprenais ma détresse dans cette nouvelle épreuve, à laquelle rien ne m'avait préparée, car on n'imagine pas un instant que l'on puisse être ainsi dépossédé de sa propre langue, de quelque chose d'aussi intimement personnel. Les êtres chers, l'argent, les biens matériels, tout cela nous est extérieur, on peut concevoir de les perdre, mais les mots du langage nous appartiennent, ils nous constituent, on ne peut nous les enlever.

Par quelque extraordinaire tour de passe-passe, je m'en trouvais pourtant privée. Je les cherchais, mais dans une déroute mentale insoupçonnée, car je ne savais même plus si l'objet, la plante, l'élément que j'avais devant moi portait un nom et s'il importait de le retrouver. Une angoisse intense et oppressante s'était emparée de moi et je m'efforçais, dans un dernier sursaut de révolte et d'impuissance, de balbutier à haute voix les vers qui revenaient à la surface, sans plus savoir si je récitais ou si j'inventais.

Rime, raille, cymbale, luthes,
Comme fol feintif, éhontés ;
Farce, brouille, joue des flûtes ;
Fais, ès viles et ès cités,
Farces, jeux et moralités
Gagne au berlan, au glic, aux quilles
Aussi bien va, or écoutez !
Tout aux tavernes et aux filles.

J'avais résisté jusque-là, à l'humiliation, au chagrin, à la pauvreté, à la saleté, à la solitude. Malgré les moments d'abattement et de découragement, j'avais tenu bon. Mais ce coup-là me terrassait. Je n'avais plus aucun ressort, plus aucune envie de poursuivre la route caillouteuse, éreintante que je parcourais depuis des mois. J'allais abandonner, cette fois. Je ne me nourrissais presque plus, je dormais une grande partie de la journée, j'en avais assez. C'était la fin de l'année, il faisait doux et clair. Noël devait être passé. Le temps où je restais éveillée, je me tenais dans le jardin, allongée sur une vieille couverture, à regarder courir les nuages, en essayant de donner un nom à leurs formes fantasques. Me revenaient toujours les vers de la Pléiade.

Ô vous, troupe légère,
Qui d'aile passagère
Par le monde volez,

Et d'un sifflant murmure
L'ombrageuse verdure
Doucement ébranlez,

J'offre ces violettes,
Ces lis et ces fleurettes,
Et ces roses ici,
Ces vermeillettes roses,
Tout fraîchement écloses,
Et ces œillets aussi.

De votre douce haleine
Éventez cette plaine,
Éventez ce séjour :
Ce pendant que j'ahanne
À mon blé, que je vanne
À la chaleur du jour.

Lorsque le soir tombait il m'arrivait de m'endormir là, les yeux ouverts sur les étoiles qui s'allumaient une à une. Je me réveillais au début de la nuit, les membres engourdis par le froid et les vêtements trempés de rosée, et je regagnais la maison péniblement, hagarde et désolée. Je devais ressembler à une vieille bête abandonnée, attendant la mort, abrutie de douleur et ignorante même de sa douleur.

21

De tous les mois, septembre est certainement le plus poétique. Il y a, dans le renversement de la saison qui s'opère dès les premiers jours du mois, une turbulence, une impatience et une brusque mélancolie qui se prêtent particulièrement à la musique des vers. Ce qu'août avait figé dans la chaleur touffue, septembre le fait s'envoler. Mouvement, emportement, brusques changements de couleurs, voici revenus la passion et la déraison, le tourment et l'éclat. J'avais beau ne plus écrire, rien de tout cela ne m'échappait, et à l'émotion que me procurait par moments l'atmosphère de début d'automne, je sentais bien que sommeillait en moi le mystérieux principe, la source vive de la poésie.

Je n'écrivais plus, mais j'étais encore poète. Le chagrin qui m'avait envahie avait repoussé loin au-dedans les germes de l'inspiration, mais je les sentais en dormance, tapis dans les profondeurs de mon être. Le long travail de deuil m'accaparait encore tout entière, mais je commençais à accepter la mort de Philippe. Ce qui m'avait paru insurmontable durant des semaines, continuer sans lui, je pouvais désormais l'envisager. Mais j'étais encore incapable de la moindre concentration, du moindre intérêt pour tout ce qui n'était pas cette lente et minutieuse reconstruction intérieure. Je ne pouvais pas écrire, je ne le désirais même pas. Toutefois je voyais le monde avec les yeux d'un poète et il m'était encore donné de reconnaître le volatil et très léger parfum de l'inspiration quand elle se présentait, ou de nourrir une émotion qui aurait pu, autrefois, m'inspirer des vers.

On peut être écrivain sans écrire, poète sans poèmes. C'est un état, pas une fonction ni une activité, encore moins un métier. Une manière d'être, une posture, un regard. Je voyais le ciel magnifique depuis les ponts, cette lumière extraordinaire du Bassin parisien, les couleurs douces de la ville à la fin de l'été, l'étrange teinte orangée du ciel de nuit, je respirais l'odeur métallique des aubes fraîches, je sentais gonfler en moi quelque chose d'exaltant dans le fait de se réveiller, de se sentir renaître après une longue nuit, de sortir peu à peu du chagrin comme on s'extrait d'une gangue gluante. J'étais happée par des sensations ou des réflexions qui me faisaient oublier un temps mon existence au ras du sol, je reprenais le fil de ce remâchement continu de la création, où tout vient alimenter le moulin, s'adjoindre à l'eau qui court et entraîne, et emporte.

C'est ce qui m'a maintenue en vie, lorsque j'étais prête à me laisser dériver. Plus encore que la pensée de Nisa. Être mère m'avait ravie, mais ma véritable force, je la tenais de la poésie. C'était ma structure première, mon ossature, et ma fille venait s'installer par-dessus, pas entre la poésie et moi. Écrire était comme une seconde peau, collée à la mienne. Nisa était un être séparé, c'était mon enfant mais elle ne m'appartenait pas, elle existait par elle-même, pas seulement à travers moi. Elle avait beau me manquer, je n'avais pas cette sensation de commerce intérieur que j'entretenais avec mon état de poète, lequel me façonnait d'une manière si subtile que je n'aurais pu en donner l'exacte recette, mais que je sentais agir en moi tel un réflexe innommé.

Aux alentours de l'équinoxe il y eut quelques journées de grand vent, de bourrasques et de pluie battante. J'avais du mal à trouver des abris, le vent m'épuisait. Je tombais sans arrêt. Mes jambes se dérobaient, j'étais en marche et brusquement je glissais à terre, je me retrouvais à genoux, ou sur les fesses, mes affaires dispersées autour de moi. Cela m'arrivait dix fois, quinze fois par jour. Visions, points brillants, sensations de chute, perte d'équilibre, je croyais avoir faim, j'étais à bout de forces.

J'ai fini par dormir, derrière une palissade, dans

un square où elle fermait un accès de chantier. Je m'y étais glissée en début d'après-midi, espérant échapper à la vigilance des gardiens. Par bonheur les travaux étaient suspendus, si bien que j'ai pu y passer la fin de la journée, et aussi la nuit, puis la journée du lendemain et la nuit suivante encore. C'était la première fois que je dormais d'une traite depuis des jours — à ce moment j'avais arrêté de compter, non que j'y aie renoncé, mais mon esprit ne suivait plus, ma mémoire défaillait, je me trompais sans cesse, j'avais abandonné.

Le premier matin lorsque je me suis réveillée il faisait grand jour, les merles sifflaient, j'entendais les cris des petits enfants, quelle heure pouvait-il être, neuf heures ? La lumière d'automne donnait aux massifs une couleur intense, d'un vert vif éclatant, le bleu du ciel cinglait, telle une tenture au plafond. Je me sentais si reposée, si détendue qu'il me semblait renaître après des semaines de dépérissement. J'ai dormi encore une partie de la journée, je plongeais dans le sommeil comme on se laisse glisser dans une eau tiède, à l'abri derrière les planches, séparée du jardin par une simple palissade, je ne bougeais pas, je somnolais, bercée par le friselis des arrosages automatiques et la douceur aiguë des voix enfantines qui me parvenaient de l'autre côté, je me réveillais pour mieux me rendormir et jouir du bonheur de me laisser tomber dans l'inconscience du sommeil.

Au terme de la deuxième journée, lorsque les grilles furent fermées et les gardiens sortis, à la nuit tombée, je fis ma toilette à l'une des fontaines, sous l'eau froide mes muscles se contractaient, je m'étais entièrement déshabillée et je me suis frotté tout le corps du plat de la main, longtemps, jusqu'à ce que la crasse soit partie, les croûtes décollées et la peau sous mes doigts redevenue souple et lisse. J'avais maigri.

Rester au même endroit plusieurs jours durant, presque installée, au cœur d'un jardin fréquenté par toutes sortes de gens — mères de famille, enfants, couples d'amoureux, collégiens, retraités, nourrices, promeneurs, sportifs, lecteurs —, me donna l'impression de revenir au monde, de m'en rapprocher, après des jours d'exil. Et mes semblables alors me manquaient tant que j'aurais voulu aborder quelqu'un, parler aux petites filles, me mêler à ces groupes de mamies proprettes, aux cheveux mauves coiffés en coques lisses, assises en rang sur un banc, au soleil, ou bien rejoindre sur les pelouses impeccables les grappes de mamans environnées de marmots volubiles et infatigables. Je mesurais l'ampleur de ma solitude, et pour la première fois elle me parut insurmontable, monumentale.

J'avais cru que les choses iraient plus vite, que ce serait l'affaire de quelques courtes semaines. Je n'avais pas imaginé qu'il me faudrait passer ainsi des mois dans la rue. Je n'en pouvais plus de la ville, de sa saleté, de sa dureté. Dans ce petit jardin, si artificiel fût-il, j'avais l'impression de reprendre contact avec la nature, l'odeur de la terre mouillée, des pelouses fraîchement tondues, des plantes déterrées, des fleurs dans les parterres, tout cela m'apaisait et me régénérait. Les jardiniers, dans leurs uniformes verts, s'affairaient toute la matinée et leur travail patient, leurs gestes précis, la manière qu'ils avaient de se pencher vers la terre, de manier leurs outils, me donnait envie de nature.

À l'heure du déjeuner, hormis quelques couples venus partager un sandwich, le jardin se vidait et un silence inattendu se faisait, que ne troublaient que les trilles des merles et des mésanges. La rumeur de la ville semblait soudain assourdie, lointaine. Allongée sur un tas de sable, protégée par la palissade, je regardais les feuilles des arbres agitées par le vent, plus haut les nuages filer vite et s'effilocher, je me prélassais sous les rayons capricieux du soleil et je vagabondais dans un écheveau de pensées vagues lorsque me vint le souvenir de La Varenne, de ces journées passées au soleil, dans l'herbe molle et humide, des années auparavant. Pourquoi ne pas y aller en attendant que le notaire me fasse signe ? Nisa, je n'osais plus aller la voir, dans l'état où j'étais rendue. J'écrivais régulièrement, c'était le seul lien que j'avais avec elle.

Je dormis une nuit encore dans le jardin. Le lendemain matin, le chantier reprit son activité et je dus quitter mon abri. En franchissant le portillon, ma résolution était prise. Dans la journée qui suivit je ne tombai pas une seule fois. Le lendemain je quittais Paris.

22

Une lettre de Nisa arriva, dans les premiers jours de janvier. Elle ne contenait que quelques mots, que je lus à haute voix sans les comprendre tous. Cela agit sur moi à la manière d'un électrochoc. Je pris du papier et entrepris d'écrire à mon tour. Je ne me souciais pas de ce qui viendrait sous ma plume, je ne souhaitais que préserver le lien de papier, fragile et improbable, qui m'unissait encore à elle. Comme au temps de la poésie, j'ajustai les mots les uns aux autres, dans une sorte de danse entêtante et vertigineuse.

Callibelle cherola
Dompanne tambrelan
Persivol
Malivole
Etians darlemontaine
Dousse Monce

Pinse, trémons
Alinage

Et je signai « Maman », cela m'était venu naturellement, si spontanément que je n'en revenais pas. J'attendis la tombée du jour pour aller poster ma lettre, la rue principale du village était vide et des rais de lumière filtraient de derrière les volets clos. Un vent froid s'était levé depuis le matin qui s'engouffrait entre les rangées de maisons. La boulangerie était encore ouverte, je n'y étais pas venue depuis plus d'une semaine. Je m'assurai qu'il n'y avait aucun client dans la boutique avant d'entrer. La boulangère avait pris l'habitude de me servir toujours le même gros pain de campagne. À peine avais-je franchi la porte qu'elle tendait déjà la main vers la miche trop farinée et la posait sur le comptoir, la plupart du temps sans un mot. Mais il n'y avait personne dans la boulangerie au moment où je poussai la porte, déclenchant le petit carillon à deux tons. La personne que je vis apparaître, débouchant de l'arrière-boutique, n'était pas la vendeuse que je connaissais. Devant mon air de surprise, la dame, tout en s'essuyant les mains à son tablier, m'expliqua qu'elle remplaçait Mireille, partie une semaine dans sa famille. Je clignai des yeux en signe de compréhension et désignai mon pain favori du doigt, en murmurant un vague « tuda, se volé » qui se perdit dans une toux que je simulai assez mal.

La dame posa sur moi un regard compatissant et me donna le pain, je m'aperçus en cherchant fébrilement la monnaie au creux de ma poche que ma main tremblait. Je tentai un sourire contraint en prenant la miche et sortis précipitamment. Une fois encore, je fus tentée d'aller voir le viticulteur (la boulangerie se trouvait à cinquante mètres du cimetière), mais je ne pus trouver en moi cette audace. Dans la nuit, en rentrant chez moi par la petite route qui serpentait au creux du vallon, j'entendais les battements de mon cœur à l'intérieur de ma poitrine qui martelaient le silence. Je me sentais comme un animal traqué, un être vivant perdu dans un environnement inconnu, sans repères. Je ne pouvais pas rester ici, toute seule, j'allais devenir tout à fait folle. Je dormis très peu cette nuit-là, et au matin j'avais pris ma décision : je devais aller chercher Nisa.

Je rassemblai quelques affaires à la hâte, fermai la maison et emportai le pain que j'avais acheté la veille. Je fis du stop jusqu'à la gare la plus proche, à cinquante kilomètres. Je faisais semblant d'être muette, ou d'avoir une extinction de voix, je souriais et les gens ne me posaient pas de questions. Je fus rendue en deux heures et trois véhicules. Je fis à pied le chemin jusqu'à la gare, depuis le bord du fleuve où m'avait déposée la dernière voiture. Là j'appris en consultant le tableau des départs que les deux trains du matin étaient déjà partis. Il fallait attendre dix-sept heures avant d'en trouver un qui aille à Paris. C'était un omnibus et le rapide de 18 h 11 arrivait presque à la même heure.

Un train ordinaire à wagons gris métallisé était à quai, je lus sur les panonceaux fixés aux portes des wagons qu'il allait à Gien, je montai aussitôt et quelques minutes plus tard nous quittions la gare. Il y avait fort peu de passagers. Je n'avais pas pris de billet et ne vis pas de contrôleur. Mais j'étais anxieuse et fébrile, tendue à l'extrême. Je regardais le paysage et ne voyais rien que des champs anodins, des lignes électriques, des routes, de vilaines maisons, des arbres dénudés.

Nous roulions depuis plus d'une heure lorsque j'aperçus l'autoroute qui longeait à quelque distance la voie ferrée. J'aurais voulu sauter du train, quitter le cahin-caha de ce convoi nonchalant et rejoindre la grande vitesse, les autos qui filaient comme des flèches vers la capitale. Il me fallait descendre avant que les trajectoires s'éloignent. Par chance, le train s'arrêta bientôt à Briare. Je sautai du wagon et suivis à travers la ville et ses abords les panneaux qui indiquaient l'autoroute. Je ne vis ni le fleuve, ni le pont-canal, encore moins le canal, j'étais tout entière tournée vers cet axe qui remontait à vive allure vers Paris, j'attendis peu à l'entrée de la bretelle d'accès, un quart d'heure peut-être, avant que le conducteur d'une petite voiture couleur chocolat me fasse signe de m'approcher.

C'était un homme entre deux âges, ni vieux ni jeune, aux traits fatigués et tendus. Ses cheveux d'un blond terne bouclaient autour de son front tourmenté. Il avait les yeux clairs, d'une couleur indéfinissable. Bleu-vert, gris-bleu, gris-vert, peut-être est-ce cette nuance qu'Homère appelle « pers » pour désigner la couleur des yeux d'Athéna, la déesse aux yeux de mer. La bouche aux lèvres pleines était le seul élément un peu généreux de son visage anguleux. Il les mordait sans cesse, ce qui leur donnait une teinte carmin profond, qui tranchait sur la pâleur de sa peau. Il me parla très vite et comme je ne répondais pas, il s'inquiéta :

— Vous ne comprenez pas le français ?

Je fis signe que si.

— Vous êtes sourde ? dit-il en touchant son oreille.

Je fis signe que non.

— Vous êtes muette ?

J'acquiesçai et il hocha la tête. Il laissa passer un temps, le silence dans la voiture était pesant, je me sentais mal à l'aise, j'avais trop chaud. La soufflerie me venait dans la figure et projetait un air sec, chargé de poussière, désagréablement étouffant.

— Vous êtes muette depuis toujours ? reprit-il après avoir doublé un couple de camions.

Je fis à nouveau signe que non. Il avait complètement changé de ton, ralentissant son débit et articulant bien les mots.

— Donc vous savez parler.

Je ne savais pas trop quoi signifier, car en réalité j'étais incapable de formuler quoi que ce soit, même en pensée. Je hochai la tête en biais, ce qui pouvait vouloir dire oui et non à la fois. Mais il ne me regardait pas. Il conduisait vite, compte tenu de sa voiture, une petite cylindrée qui n'était plus de première jeunesse, et restait concentré sur la route, sans se laisser trop distraire par ma présence. Son grand corps maigre semblait plié, recroquevillé dans l'habitacle trop étroit de la voiture.

— C'est arrivé à mon grand-père, lâcha-t-il brusquement. Lorsqu'il est rentré de Mauthausen, il ne pouvait plus parler. Il ne disait rien, pas un mot. Ça l'avait complètement séché. Lui qui était une grande gueule, il avait trouvé son maître... Quand les camps ont été ouverts et les prisonniers libérés, il était au bout du rouleau. Il pesait trente-cinq kilos, pour un mètre quatre-vingt-dix. Ils l'avaient essoré jusqu'à la corde. Pourtant c'était un grand gaillard, très costaud. C'est sans doute ce qui lui a permis de tenir le coup si longtemps dans cet enfer. Il a passé trois ans à Mauthausen. Lorsque je suis né il y avait des années qu'il avait repris des forces et retrouvé un poids normal, mais il lui était resté une sécheresse, une dureté physique qui ne s'est jamais atténuée.

Comme si les tendons et les nerfs avaient remplacé les muscles. Il n'y avait plus de souplesse dans son grand corps, plus aucune élasticité. Enfant, il me faisait peur parce qu'il parlait d'une voix très rauque, on aurait dit qu'il aboyait. Au fond, je n'aimais pas mon grand-père. Mais il avait tellement souffert que jamais je ne me serais permis d'énoncer pareille pensée. Cela m'aurait choqué moi-même à l'époque.

L'homme s'était tu, et je sentais qu'il poursuivait le fil de ses souvenirs, revenant hanter le point d'ambiguïté de son histoire familiale, le front barré de rides profondes.

— Il a mis du temps, je crois, avant de retrouver la parole. Ma grand-mère m'a raconté souvent comment ça lui était revenu. Et mon père aussi m'a répété cette histoire des dizaines de fois. Un matin, mon grand-père est entré dans la cuisine où ses fils, mon père et mon oncle, prenaient leur petit déjeuner, il s'est assis à la table et a lancé : « Alors, espèces de bons à rien, vous n'avez pas encore appris à lire ? » Les deux garçons, âgés d'une dizaine d'années, et qui savaient lire depuis longtemps, éclatèrent de rire, à la fois émus d'entendre la voix de leur père et stupéfaits devant l'incongruité de sa remarque. Mon grand-père parlait de lire la Torah en hébreu, et bien sûr ses fils n'avaient pas appris cela pendant la guerre. Voilà les premiers mots qu'il a prononcés après des mois de silence, alors qu'il n'avait pas vu ses enfants pendant des années. Vous comprenez que tout le monde s'en soit souvenu.

C'était très étrange pour moi d'entendre l'histoire de cet homme, d'une part parce que j'avais perdu l'habitude que l'on s'adresse à moi ainsi, je veux dire en tant que personne humaine en position de recevoir, d'entendre une histoire personnelle, et surtout parce que le récit que l'homme me livrait relevait d'une part très intime, presque secrète de lui-même. Ne pas pouvoir répondre me plaçait dans une position très particulière, mais sans doute n'aurais-je pas trouvé grand-chose à dire si j'avais eu les mots pour commenter son discours. L'espace clos de la voiture, le ronron du vieux moteur lancé à vive allure, la chaleur qui régnait — le radiateur devait être déréglé —, tout cela constituait un cadre isolant et fermé, qui renforçait la sensation de captivité que j'éprouvais face à mon impuissance à parler.

Je cherchais à comprendre ce qui pouvait bien me relier à cet homme, celui qui était rentré muet des camps, et je ne trouvais rien qui puisse se comparer dans nos expériences, rien de commun entre son destin historique et ma vie ratée. Mais ce qui me frappait dans son retour à la parole, c'était la négation totale de ce qui lui était arrivé, le refus de prendre en compte l'action de la monstrueuse machine de guerre qui s'était efforcée, pendant des années, de détruire sa culture, son esprit, son corps, sa vérité. Et la volonté farouche de reprendre les choses là où il les avait laissées, comme si rien ne s'était passé. Alors qu'il me semblait, pour ma part, que plus jamais je ne pourrais considérer le monde de la même manière, que la volte-face opérée par l'expérience de la rue, par celle du deuil et de l'absence, cette expérience m'avait changée du tout au tout, m'avait fait devenir quelqu'un d'autre, radicalement autre.

Nous avions passé le péage. Le conducteur a baissé la vitre en grand et, en se tournant vers moi avec un geste qui m'invitait à en faire autant, il a dit : « Je n'ouvre pas les fenêtres quand on roule, ça fait beaucoup trop de bruit. Excusez-moi pour le chauffage, on étouffe, mais le thermostat est mort… » L'air froid s'est engouffré des deux côtés, et cela a rafraîchi momentanément l'atmosphère.

— Ce que je voulais dire, surtout, c'est que la parole lui est revenue. Ne vous inquiétez pas, les épisodes d'aphasie ne durent jamais très longtemps. Dans son cas, remarquez, il aurait mieux valu qu'il se taise définitivement.

« Mon grand-père était un homme méchant, dur, autoritaire, intraitable. Trois ans dans les camps ne sont pas venus à bout de sa méchanceté. Ce qui prouve que la cruauté ne guérit de rien, et surtout pas de la violence. Mais ça lui avait coupé la chique. Et même après qu'il a recommencé à parler, il est resté taciturne et peu bavard. Je l'ai connu dans mon enfance, il parlait très peu. Et quand il disait quelque chose, en général ça tombait comme un couperet, un verdict, une condamnation. Il faisait peur à tout le monde, on craignait ses silences autant que ses reparties. Au fond, ce qu'il avait subi là-bas, ça l'avait choqué, bien sûr, mais pas de la manière dont cela avait pu affecter de plus tendres que lui. Les autres, les bourreaux, qu'ils soient encore plus vaches que lui, ça l'avait humilié, rabaissé d'une manière qu'il n'imaginait pas possible.

« Mon grand-père était un homme très cultivé, très érudit, il avait enseigné la philosophie avant la guerre et il se passionnait pour la kabbale. Il lisait l'hébreu, parlait allemand, français, yiddish et polonais. Mais il n'avait pas de cœur, et rien de ce qui relevait du sensible ne le touchait. Il n'a jamais parlé des trois années passées dans les camps. Jamais dit un mot, à personne. Sur la fin de sa vie, alors que la maladie l'affaiblissait et entamait sa dureté naturelle, mon père a essayé de l'interroger. Il n'a rien pu en tirer. Il est mort les dents serrées sur son secret, celui qui l'avait rendu muet quelques mois, et qui l'avait durablement installé dans une colère inextinguible, que le reste de sa vie n'a pu épuiser.

Il y eut un long silence, durant lequel l'homme conduisit plus lentement Nous entrions dans la grande banlieue, et la circulation devenait de plus en plus dense.

— Je ne sais pas pourquoi je vous raconte tout

ça. Excusez-moi, ce n'est pas très judicieux de ma part de vous dire ça à vous. Mais voyez-vous, j'ai toujours pensé que ce qui l'avait conservé si méchant, c'était d'avoir gardé en lui toute la violence qu'il avait à exprimer, et qu'il n'a pas su laisser sortir autrement qu'en rudoyant son entourage, sa femme, ses fils, ses proches. Ce sont les mots de sa révolte, de sa colère et de sa haine pour ses bourreaux qu'il s'est interdit de prononcer, ce sont ces mots-là qui lui sont restés en travers de la gorge, car dire ce que les autres avaient d'inhumain et de pervers, c'était pointer sa propre cruauté, son propre manque de sympathie et de compassion pour autrui. Mais peut-être est-ce trop demander à quelqu'un que de…

Il s'était interrompu au milieu de sa phrase. Je voyais les doigts de sa main gauche posée sur le volant agités de tressautements nerveux, comme s'ils battaient la mesure d'une terrible valse endiablée.

— Et vous, qu'est-ce que vous ne pouvez pas dire ? demanda-t-il en se tournant vers moi. Il n'attendait pas de réponse, et il eut un haussement d'épaules significatif, de renoncement et de fatalisme mêlés.

23

— Je vais vous laisser au métro, me dit-il alors que nous avions quitté l'autoroute et que nous traversions des portions de banlieue identiques dans leur grisaille et leur urbanisme anarchique.

Je serrai la main de mon conducteur avec autant de chaleur et de sympathie que je pouvais en mettre dans une poignée de main et le quittai pour m'engouffrer dans l'escalier que surmontait un grand M jaune inscrit dans un cercle. J'avais l'adresse de Nisa, je m'en souvenais par cœur, mais je ne voulais pas y aller tout de suite, de peur qu'on m'empêche de la voir, ce que je n'aurais pas supporté. Mon premier réflexe fut de rentrer chez moi, d'aller là où nous habitions avant, et lorsque je pénétrai dans l'immeuble, l'odeur du hall me sauta aux narines, inchangée depuis des mois, une odeur de terre mouillée et de lessive, un mélange de fraîcheur et de propreté.

C'était comme revenir à la maison après une

longue absence. Jamais je n'avais fait cela du temps où je vivais dans la rue, me tenant toujours à l'écart du quartier où nous avions vécu, Philippe, Nisa et moi. Mais là, arrivant de la campagne, il y avait comme une évidence à descendre du métro à la station familière, à marcher dans les mêmes rues, à pousser la lourde porte, à pénétrer dans le hall un peu sombre dans lequel s'ouvraient les deux cages d'escalier, de part et d'autre des portes vitrées, à jeter un regard vers la cour, encombrée de plantes en pots et de jardinières entretenues. Je gravis à pied les trois étages et me trouvai devant la porte. Les scellés y étaient toujours posés, telles deux paires de taches honteuses sur la laque bordeaux du chambranle et de la porte.

J'ouvris mon sac, sans bien savoir ce que je comptais y trouver. Les clefs ? Il y avait belle lurette que je ne les avais plus. Une pince ? Le fil métallique ne résisterait pas à une bonne poussée. Avec la lame de mon couteau je fis tourner le loquet qui maintenait fermé le placard du palier où se trouvaient les compteurs d'eau. Un carton poussiéreux recouvrait le fond du boîtier. Je le soulevai délicatement : les deux clefs de la serrure et du verrou reposaient bien à plat dessous. Je n'eus même pas à donner un coup d'épaule, une simple pression suffit à briser les scellés.

J'entrai et aussitôt je dus m'appuyer contre le mur. Tout bougeait autour de moi, des points brillants virevoltaient devant mes yeux, je sentais le sol se dérober sous mes pieds. Les murs blancs tanguaient, les portes se gondolaient, le couloir zigzaguait dès que je regardais vers la cuisine, le vide de l'appartement se transformait en une créature invisible et monstrueuse qui poussait tout et déformait les surfaces dures, exerçant une pression si formidable sur la matière qu'on aurait cru un tremblement de terre, un séisme à l'œuvre dans son avancée aveugle. Je fermais les yeux, tout était silencieux, froid et calme. Je les rouvrais, les cloisons s'avançaient vers moi, les fenêtres se penchaient à ma rencontre jusqu'à la cheminée qui prenait l'allure d'une énorme bouche béante, prête à m'engloutir.

Je réussis à franchir le petit morceau de palier qui me séparait de la salle de bains et je bus de l'eau au robinet. Je n'avais rien avalé de la journée. Les yeux clos, à tâtons, je regagnai l'entrée où j'avais laissé mon sac, m'assis par terre, calée dans un angle, et sortis le gros pain que j'avais apporté de Saint-Loup. Je mangeai lentement, en mâchant longtemps, et lorsque je fus rassasiée je me levai et tentai l'exploration de l'appartement. Je marchais doucement, autant parce que j'étais entrée par effraction que par crainte des vertiges qui m'escortaient et que je sentais se presser contre moi, près de me faire chuter. Rien n'avait changé depuis le jour où j'avais quitté les lieux, avant que les huissiers ferment la porte derrière eux et y posent les pastilles de cire.

Ils n'avaient presque rien laissé, sauf le lit et le mobilier de la cuisine, à l'exception des deux machines à laver. Les murs étaient nus, seuls dépassaient les clous et les crochets X qui avaient servi à accrocher les tableaux ou les cadres. Plus aucun siège, plus de tapis, plus de tables, plus de miroirs, plus de lampes. Ils avaient ignoré toutefois le placard encastré du couloir et laissé intact son contenu. Tous les vêtements de Philippe y étaient encore suspendus, ou bien empilés en séries régulières de chemises, de pulls, de maillots. Sur l'étagère supérieure des cartons s'alignaient, remplis de chaussures et de jouets de Nisa, de vêtements trop petits pour elle, de photos, d'archives administratives.

La nuit était tombée et les lumières des enseignes projetaient des éclairs colorés, rouge, vert, bleu, à travers les fenêtres nues, sans rideaux. En bas la vie continuait, celle d'une rue animée et commerçante, où les gens allaient et venaient. Je suis restée longtemps derrière la vitre à regarder le mouvement incessant, les déplacements et les itinéraires, les rythmes tous différents, les allures, les postures, les manières qu'ont les gens d'être à ce qu'ils font, ou pas. J'avais été une de ces personnes, arrêtée au milieu de la rue pour échanger trois mots avec un voisin ou une connaissance, faisant les courses du soir, boulangerie, fruitier, fromager, boucher, entrant et sortant des boutiques avec un regard pour l'enfant, toujours attardé ou en avance, des yeux le cherchant devant ou derrière, le hélant parfois, enfin ouvrant la porte de l'immeuble du poids de l'épaule, les bras trop chargés de paquets, sacs, cartable, et appelant une dernière fois le petit espiègle, courant et sautant dans la rue une dernière fois avant l'enfermement du soir.

J'avais vécu comme tous ces gens que je voyais en contrebas, et maintenant je n'étais plus qu'un fantôme venu hanter son ancienne maison. La nudité de l'appartement me renvoyait à la mienne, je n'avais plus rien, même plus de mots à mettre sur les derniers effets épargnés par les huissiers. Je fus tentée de tirer les cartons de l'étagère du haut et d'en inspecter le contenu, mais il n'y avait rien là qui pût m'être utile désormais, hormis les boîtes de photos que Philippe conservait et que j'emporterais pour Nisa. J'hésitais à sortir. La pluie s'était mise à tomber et les rues se vidaient, à mesure que l'heure avançait. Aux façades les lumières s'étaient allumées une à une.

Je n'avais rien à faire dans la rue, j'y avais trop erré. Plus rien ne me faisait envie dans cette ville, le charme de Paris s'était rompu à jamais. J'étais venue chercher ma fille, je n'avais plus qu'à attendre le matin. Il ne faisait pas chaud mais c'était supportable, et puis il restait une couverture dans le placard du couloir. Je me suis allongée sur le matelas qu'avaient laissé les huissiers (ils avaient emporté le sommier) et j'ai attendu le sommeil, les yeux fixés sur le halo vert que projetait une seconde sur deux la croix de la pharmacie accrochée à l'étage inférieur, et dont la lumière pénétrait par la vitre.

Je me suis réveillée à l'aube et j'ai patienté jusqu'au lever du jour en mangeant le reste du pain. Avant de retrouver Nisa, je devais aller chez le notaire. Je me suis lavée à l'eau froide avant de quitter l'appartement et je suis allée prendre un crème au comptoir du bistrot de la rue des Archives.

J'ai fait le chemin à pied jusqu'à l'étude du notaire qui se trouvait près du Pont-Neuf. En marchant dans la ville, je lisais machinalement toutes les inscriptions, sur les affiches, les panneaux, les devantures, les vitrines, et je n'en comprenais pas la moitié. Un mot revenait sans cesse : soldes, dont j'avais oublié le sens. Je ne cherchais pas à élucider ce que je déchiffrais, déjà trop contente d'être encore capable de lire.

Lorsque je suis arrivée chez le notaire, une secrétaire ma reçue, à qui j'ai désigné du doigt le bureau de Me Mercier. « Vous avez rendez-vous ? » m'a-t-elle demandé d'une voix aiguë. J'ai secoué la tête et j'ai montré la porte à nouveau. Elle m'a fait signe de m'asseoir, sur une chaise qu'elle avait avancée vers moi. D'emblée, elle a renoncé à me parler et s'est mise à faire des gestes, dont je ne percevais pas vraiment la signification. Elle devait me croire sourde.

L'étude était calme. Aucun bruit ne filtrait de

derrière les lourdes portes qui donnaient sur les bureaux de Me Mercier et de son associé. J'ai attendu une demi-heure peut-être, durant laquelle le téléphone a sonné deux ou trois fois, la secrétaire a répondu de sa voix perchée la même phrase stéréotypée. Enfin, la porte d'entrée s'est ouverte et le notaire est apparu, à son air bonhomme s'est superposé un petit sourire de surprise lorsqu'il m'a vue, mais il s'est repris aussitôt. « Oh ! madame Cauchefer ! s'est-il écrié en ôtant son pardessus. Comment allez-vous ? » Je me suis levée tandis qu'il prenait mon bras et m'entraînait dans son bureau. « Préparez-nous un café, Aliette », a-t-il lancé à l'adresse de la secrétaire, sans même lui jeter un regard.

Une fois à l'abri de la porte matelassée, il s'est lancé dans un grand discours, je le regardais s'agiter et j'en saisissais assez pour comprendre qu'il se justifiait. Il n'avait même pas remarqué que je ne parlais pas. La colère montait en moi, pour la première fois depuis des mois je sentais mes muscles se raidir sous l'emprise de la fureur, il y avait un moment que le délai était dépassé, celui dont on m'avait prévenue lors des formalités de succession. Depuis quand ce voleur gardait-il mon argent ? Il jargonnait en termes techniques des explications ampoulées, je sentais mes oreilles bourdonner, assaillies par un sifflement ultrasonique, et tout à coup j'ai pris une inspiration, j'ai gonflé mes poumons et j'ai lâché à la manière d'un coup de feu un « quand ? » dont la sonorité m'a fait sursauter. Je devais être blême, je serrais les mains pour les empêcher de bondir et de tout saccager autour d'elles, et je me suis mise à pousser des cris rauques, je voulais l'insulter mais je n'avais plus les mots alors je criais comme un animal. Il a fait prestement le tour de son bureau et s'est précipité vers moi, mais il ne savait comment s'y prendre pour me faire taire, il répétait : « Je vous en prie, madame Cauchefer, calmez-vous » en se dandinant d'un pied sur l'autre.

Finalement il est revenu à son siège, a ouvert un tiroir et sorti un chéquier, je continuais à crier à la manière d'un orang-outan dont on a tué le petit, une suite de longs hurlements plaintifs et profonds qui venaient du ventre, il a attrapé son stylo-plume dans la timbale en argent qui lui servait de porte-crayon, sa main tremblait il avait peur, il a déchiré le premier chèque qu'il avait raturé par trois fois, est venu à bout du second, qu'il n'arrivait pas à détacher du talon dans son affolement. Je m'étais arrêtée de crier et je ne poussais plus que de brefs ahans, j'étais complètement essoufflée, je reprenais ma respiration, effrayée moi aussi par la violence de ma rage et le tour horrible qu'avait pris sa manifestation. Il a posé son chèque devant moi et j'ai lu la somme, un compte rond à cinq chiffres. Mon regard a rencontré le sien, il l'a soutenu deux ou trois secondes, mais ses yeux roulaient déjà sur le côté. « Je vous enverrai le reste avant la fin de la semaine, a-t-il balbutié. Je dois enregistrer tous les papiers et faire les actes. »

J'ai tiré de mon sac l'enveloppe que j'avais apportée de La Varenne et y ai pris la facture d'électricité que j'avais reçue quelques jours plus tôt. Je lui ai montré l'adresse du doigt et j'ai de nouveau planté mon regard dans le sien. « Oh ! vous avez déménagé... Je vais noter votre nouveau domicile, attendez ! » Je me rappelais lui avoir écrit dans les premiers jours de mon installation à la campagne. Il feignait la surprise à la perfection, malgré l'émoi qui le troublait encore. J'ai pris le chèque et j'ai quitté l'étude. La séance m'avait brisée. Tout en respirant l'odeur fade qui montait du fleuve, accoudée sur le parapet du quai, je cherchais à reprendre mes esprits, à rassembler autour de moi ce qui me servait encore de tuteur, de point d'ancrage. Je n'aurais pas été surprise, en cet instant, de voir mon corps se dissoudre dans l'air ambiant, mes membres fondre et ma tête s'envoler, détachée et légère. Je me maintenais entière par la seule volonté de mes cellules assemblées les unes aux autres, car pour ce qui est d'une simple cohésion intérieure, d'un commun élan vital, je ne ressentais plus rien de tel. J'étais venue chercher ma fille et je n'avais pas fait un pas dans sa direction.

24

J'avais eu l'intention d'aller trouver l'assistante sociale et de lui apporter autant de pièces que possible parmi la longue liste qui m'était demandée. Mais la visite chez le notaire m'avait fait changer d'avis. Je n'étais pas en état d'affronter l'Administration, sa perversité et sa froideur. Le moindre sentiment de trahison, la moindre entorse à l'humanité la plus compatissante m'aurait réduite en poussière. J'avais alors véritablement l'impression que je pouvais me désintégrer. J'allais me rendre directement à l'internat où vivait Nisa, et là, j'aviserais. Depuis qu'on me l'avait enlevée, Nisa avait été placée dans un pensionnat qui recevait à la semaine des enfants de maternelle et de primaire. Le week-end, elle le passait dans une famille d'accueil. Je lui avais rendu visite une fois, tout au début, et ce que j'avais pu voir de cet établissement m'avait fait plutôt bonne impression, mais j'étais alors disposée à me raccrocher à n'importe quelle image qui vienne adoucir mon chagrin et tempérer mon effroi de me séparer de ma fille. Une fois dans la rue, je n'y étais plus retournée, je ne voulais pas que Nisa voie dans quel abîme j'étais tombée.

Je n'ai pas cherché à faire de plan, car je savais qu'il valait mieux conserver l'impulsion qui m'avait guidée jusque-là, rester dans cette espèce de mouvement irréfléchi, de propulsion vers le but que je m'étais fixé et qui, si j'y avais réfléchi, m'aurait paru inaccessible, au terme d'un chemin semé d'embûches et de chausse-trappes. Je suis allée jusqu'à l'école et j'ai attendu l'heure de la sortie, j'essayais en moi-même de formuler quelques phrases, ce que j'aurais besoin de dire à Nisa lorsqu'elle serait devant moi, ce que j'attendais d'elle pour que les choses aillent vite et sans accroc, et je ne trouvais rien qui soit assez clair pour exprimer l'idée de fuite qui me venait dès que j'imaginais ce qui allait se passer, se sauver, se volatiliser, s'envoler et disparaître dans les airs, en fumée, en vapeur, pfuiiit, plus personne. J'appelais à la rescousse toutes les ressources de ma volonté, de ma mémoire, et tout ce qui me venait prenait l'allure d'un informe charabia.

La grille s'est ouverte et je n'avais encore rien ébauché, je me suis engouffrée avec les autres parents dans le hall et j'ai regardé au-delà de la grande porte béante par où sortaient déjà les enfants. Je m'étais approchée au plus près et je cherchais à apercevoir

Nisa, mais la confusion était telle dans le vaste préau sur lequel donnaient les classes qu'il était impossible de distinguer quoi que ce soit. Une surveillante se tenait à la porte et ne laissait passer que les enfants dont les parents se trouvaient dans le hall. Presque tous les enfants étaient sortis, mais le hall ne se vidait pas, des parents et des enfants restaient à bavarder, des poussettes encombraient le passage, un brouhaha s'élevait qui faisait régner une certaine confusion. La tension de la sortie s'était relâchée. La surveillante, qui parlait à une mère, a quitté son poste d'observation pour se diriger vers le bureau de l'accueil, j'ai immédiatement franchi la porte et traversé le préau, pour gagner la cour de récréation, où je pensais trouver Nisa.

C'était une très grande cour, agencée en plusieurs zones de jeu, plantée d'arbres et ornée de petits massifs buissonnants. Je me suis avancée prudemment, je ne voulais pas que l'on remarquât ma précipitation. J'essayais de paraître naturelle, tandis que mon cœur battait trop vite dans ma poitrine. Des enfants jouaient, sautaient à la corde, criaient, se poursuivaient, des fillettes sur un banc se disputaient un petit cheval, mes yeux allaient en tous sens, furetant, et soudain elle fut devant moi, c'était elle qui m'avait vue la première, elle se précipita en étouffant un cri : « Maman », et se blottit contre moi. Je répétais « Nisa, Nisa » tout doucement, et je sentais la pression de ses bras autour de ma taille, cela me faisait comme une ceinture chaude. Des enfants s'étaient approchés, « c'est ta maman ? » et je savais qu'il fallait faire vite, ne pas leur laisser le temps de réagir, j'ai entraîné Nisa vers le préau, et nous nous sommes alors trouvées nez à nez avec la surveillante du hall, elle a regardé Nisa puis elle m'a dévisagée, « qui vous a donné la permission d'entrer ? ». Déjà Nisa intervenait : « mais, Henriette, c'est ma maman... » comme si ce seul blanc-seing levait tous les interdits.

Je me taisais, j'assistais à la scène sans pouvoir dire un mot, je ne lâchais pas Nisa qui s'agrippait à moi, je m'en voulais de n'avoir pas mieux prévu la sortie. « Venez avec moi », dit la femme en évitant mon regard — elle avait déjà compris que quelque chose ne tournait pas rond —, et elle nous conduisit dans le bureau de la directrice, une petite femme maigre aux cheveux poivre et sel, coupés court et dressés dru sur le crâne. Je ne l'avais jamais rencontrée, je n'avais d'ailleurs rencontré personne dans cet établissement le jour où j'étais venue voir ma fille. C'était un mercredi après-midi et j'avais été reçue par une monitrice de sport qui avait fait appeler Nisa.

— Eh bien ! Nisa, c'est ta maman, on dirait. Que puis-je pour vous, madame ? dit la directrice en me montrant une chaise.

Et la gentillesse du ton de cette petite femme, malgré l'apparente sécheresse de tout son corps et les angles de son visage, toucha en moi une fibre qui fit fondre toute ma détermination et me laissa plus désemparée que jamais. Nisa avait levé la tête vers moi et me donnait de petits coups dans le dos, de son poing fermé, comme si elle voulait me secouer. Il fallait dire quelque chose, je fouillais dans ma mémoire, je sentais presque physiquement les neurones et les synapses en action, établissant les connexions, filant de part et d'autre du réseau à toute allure, des milliers de petits signaux qui démarraient en trombe et exploraient tous les recoins, dans une agitation indescriptible dont on ne savait si elle obéissait à un ordre interne ou si elle s'effectuait en aveugle, jusqu'à tomber sur le bon récepteur, vite, vite, plus vite, de grâce.

Secourez moy, ma Dame par amours,
Ou aultrement la Mort me vient querir :
Aultre que vous ne peult donner secours
À mon las cueur, lequel s'en va mourir.
Helas, helas, vueillez donc secourir
Celle qui vit pour lors en grand destresse
Car de son sort vous estes la maistresse.

La directrice a jeté vers la surveillante un coup d'œil qui semblait vouloir dire : « Laissez-moi régler cette affaire », mais qui aurait tout aussi bien pu signifier « allez me chercher main-forte ». Nisa me regardait d'un air amusé, les plus énormes bizarreries étonnant rarement les enfants. Elle tenait sa petite main serrée dans la mienne, il me semblait avoir un oisillon niché au creux de ma paume. La directrice m'a regardée bien en face, son air de franchise et de bonne volonté affiché clairement dans ses yeux ronds.

— Quelque chose ne va pas ?

J'ai montré ma bouche en haussant les épaules. Je sentais bien qu'elle n'était pas hostile.

— Vous avez une maison maintenant ?

— Oui, a dit Nisa, la maison de vacances de mon papa quand il était petit. À la campagne.

J'ai sorti de mon sac la quittance d'électricité et je l'ai tendue à la directrice.

— Vous avez un peu d'argent ?

Je regardais Nisa.

— Tu as ton porte-monnaie, maman ?

C'est ce que me demandait toujours Nisa lorsqu'elle voulait que je lui offre un bonbon, une surprise, un album de coloriage. La phrase m'était si familière qu'elle résonna en moi comme un écho du temps passé, d'avant la souffrance et la misère. Retrouver Nisa et que dans l'instant soit abolie, d'une simple question, la distance creusée par des mois de séparation, cela me bouleversait. J'étais si émue qu'une boule douloureuse s'était formée dans ma gorge qui retenait à la manière d'une pelote les mille épingles qui me transperçaient le cœur. Je sortis le chèque du notaire et le montrai à la petite dame.

— Je suppose que vous êtes venue chercher votre fille, mais je n'ai pas le droit de vous laisser l'emmener. Il me faut une autorisation.

— Oh ! s'il vous plaît, madame, plaidait Nisa. Maman, me pressait-elle, dis quelque chose.

Je concentrais tous mes efforts pour parler, mais je ne pouvais pas, je ne pouvais absolument rien dire. Et ni Clément Marot, ni François Villon, ni Ronsard ni Jean de Sponde ne m'étaient d'un quelconque secours. Je pouvais bien dire :

Ceux qui dussent parler sont muts
Les loyaux sont pour sots tenus ;
        Je n'en vois nuls
Qui de bonté tiennent plus compte ;
Vertus vont jus, péchés haut montent
        Ce vous est honte,
Seigneurs grands, moyens et menus.

La directrice restait perplexe et je voyais à son air embarrassé qu'elle ne savait que faire ni à quoi se résoudre. Nisa levait vers moi des yeux pleins d'inquiétude et de questions. Je serrais sa main dans la mienne et de l'autre caressais ses cheveux. Malgré l'impasse dans laquelle je me débattais, le bonheur de la revoir me remplissait et je sentais mes muscles se détendre peu à peu, tout allait à la fois trop vite et pas assez, le temps restait suspendu dans le bureau, les minutes tombant comme autant d'éternités silencieuses, et dans le même temps la situation se précipitait, la directrice avait soulevé son téléphone et elle composait un numéro, portant le combiné à son oreille tandis qu'elle retrouvait mon regard et y plongeait le sien. J'entendais la sonnerie, à l'autre bout, lointaine, un tout petit bruit de sonnerie qui filtrait à travers le téléphone, et personne ne répondait. La petite dame a raccroché, lentement, puis elle s'est levée.

— Attendez-moi ici, a-t-elle dit, avant de sortir en fermant la porte derrière elle.

Cette porte fermée a joué comme un signal. Je me suis précipitée vers la fenêtre, que j'ai ouverte en grand, elle donnait sur la rue, il suffisait de franchir un petit rebord en forme de bac à fleurs qui ceignait le bâtiment sur toute sa longueur. J'ai fait signe à Nisa, qui n'avait pas bougé, stupéfiée et interdite. D'un bond je suis revenue derrière le bureau, toutes mes facultés m'étaient rendues brusquement, mes réflexes, ma vitesse, j'ai attrapé Nisa par la main et je l'ai aidée à se hisser sur le rebord, elle protestait vaguement, mais je l'exhortais : « Viens, viens vite ! »

Une fois sur le trottoir, je l'ai prise dans mes bras et je me suis mise à courir, le plus vite possible, sans me retourner. Au coin de la rue la plus proche, je l'ai lâchée, elle était lourde, mais nous étions déjà hors de vue, « viens, viens vite », je la tirais, elle courait à mes côtés, trop tôt essoufflée, nous pouvions marcher désormais, un autre croisement se présentait qui dispersait nos traces, on ne nous rattraperait pas.

25

Il y eut à notre arrivée à La Varenne quelques très beaux jours comme en offre parfois le début février, ensoleillés, lumineux et doux. Nisa trouvait tout formidable. Son énergie et sa joie de vivre me laissaient éberluée. Elle s'extasiait sur le moindre détail, la maison, le jardin, les bois alentour, les petites routes où nous allions faire des promenades, le vélo que nous prenions pour aller à la ville, les oiseaux, les premières primevères sur les talus. Elle avait grandi et acquis en quelques mois une maturité qui me surprenait chaque jour. Venir vivre dans cette maison lui avait fait retrouver à la fois sa mère et son père, par le biais de ce que j'avais mis de côté de mes trouvailles dans le grenier. Savoir que Philippe avait connu cette maison, y avait passé des vacances, y avait côtoyé sa famille la ramenait à son souvenir par des voies supportables, et même réconfortantes.

Elle me demandait souvent d'aller au cimetière.

Elle zigzaguait dans les allées, s'arrêtait devant les tombes, scrutait les inscriptions. Le carré des anges, ainsi qu'elle appelait la portion de terrain réservée aux petits enfants, exerçait sur elle une étrange fascination. Elle revenait toujours vers les petits tumulus surmontés d'une croix, ou plus souvent d'un chérubin, que ne couvrait aucune pierre tombale. Des prénoms étaient inscrits, des dates, parfois très proches. Là reposaient des nouveau-nés, des nourrissons, de tout petits enfants emportés par la maladie. Nisa ne parvenait pas à admettre que l'on pût mourir si jeune. Que son père ait disparu lui paraissait déjà improbable, mais que des enfants plus petits qu'elle aient déjà quitté la vie, voilà qui atteignait les limites de sa compréhension.

Elle était à un âge où l'on se préoccupe naturellement de la mort, et qu'elle en ait fait l'expérience directe avec le décès de Philippe donnait à sa curiosité une consistance très particulière. Son questionnement métaphysique la ramenait toujours au même point. Tout en apprenant à accepter l'invraisemblable, son esprit se heurtait à l'impossibilité d'accepter cette mort-là, qui la privait d'une personne aussi chère. Mais la manière qu'ont les enfants de ne pas s'attarder sur ce qu'ils ne peuvent résoudre lui permettait de ne pas abîmer son esprit sur ce qui dépassait son entendement. La rapidité avec laquelle elle pouvait passer d'un sujet des plus graves à des préoccupations d'ordre parfaitement futile me servait de leçon. Je la regardais faire son chemin au milieu de tout cela et j'étais émerveillée de la manière dont elle allait légèrement, épousant les accidents de terrain pour mieux les contourner, survolant les obstacles, douée d'un sens de l'orientation et du rythme de l'avancée comparable à celui d'un animal qui sait où il va et ce qu'il a à faire, instinctivement, depuis des millénaires.

La contrainte du pensionnat lui avait servi de tuteur à un moment où elle avait besoin d'être soutenue, tenue même, mais ce carcan avait volé en éclats dès lors qu'elle était arrivée ici, à La Varenne, où ne régnait aucune règle. Elle jouissait de cette liberté retrouvée avec une grâce et un entrain réjouissants, comme si ma seule présence suppléait à toute autorité. Mon handicap en réalité imposait une loi spontanée à laquelle elle se pliait sans réserve. Elle ne cherchait qu'à me plaire et à m'être agréable, et ne faisait rien qui pût attiser ma colère ou user ma patience.

Elle prenait en charge tout ce dont j'étais incapable, les courses, les activités de la journée, les relations avec les commerçants, les menus, l'entretien de la maison, le jardin. Elle disait « on pourrait planter des fleurs », et nous allions au bourg voisin chercher une cagette de petites azalées et de cyclamens, que Nisa ensuite s'appliquait à disséminer dans le jardin. Je la laissais aller seule à la boulangerie, dont elle rapportait des gâteaux tels que je n'en avais jamais vu à l'étalage. Je ne sais comment elle s'y prenait. Elle disait « pourquoi on ne met pas des rideaux ici ? » et je me retrouvais assise devant l'antique machine à pédale, à essayer de coudre des ourlets aux tentures à ramages roses qu'elle avait dénichées dans l'armoire.

Durant son court passage à l'internat, elle avait appris à lire et à écrire. C'était encore approximatif, mais elle se débrouillait et elle me faisait la lecture, en insistant sur les mots qu'elle connaissait, comme pour mieux me les faire entrer dans le crâne. Elle avait trouvé au grenier de vieux magazines illustrés dont elle me lisait à sa guise (je ne risquais pas de la reprendre lorsqu'elle déformait un mot) les articles démodés. Elle raffolait des recettes de cuisine et insistait pour que je confectionne des « coquilles de poisson à la bordelaise », des « beignets d'aubergines au quatre-épices », « vol-au-vent à ma façon » et autres « tartelettes à l'orange en doux-amer » dont je devais suivre à la lettre la réalisation, souvent illustrée par des séquences de photos qui ne laissaient aucun doute sur la manière d'opérer, si toutefois je n'avais pas bien suivi la lecture à haute voix de la recette en question.

Moi qui m'étais si mal nourrie pendant des semaines, je retrouvais le goût de cuisiner, et avec lui les noms des aliments qui me revenaient peu à peu, au fur et à mesure qu'entrait dans la composition des plats de chefs que me faisait préparer Nisa toute la kyrielle des fumets, crépine, échalote, braisé, gribiche, bouillon, tapenade, saindoux, raifort, rouelle, genièvre, julienne, zeste, fécule, darnes, moelle, oignons grelots, reinettes, chinois, muscade, tendron, extrait de café, crème fleurette, meringue et sucre cuit au petit perlé. Je m'exécutais, retrouvant dans la gourmandise que je lisais au fond de ses yeux tandis que je tournais, faisais revenir, assaisonnais, goûtais, le plaisir du vocabulaire de la cuisine, si riche et savoureux en lui-même.

Par un renversement inattendu, c'était ma fille qui me maternait, tandis que je me reposais entièrement sur elle, enfin libérée du joug de la solitude. Mon aphasie, loin de la déconcerter (je parvenais à prononcer quelques mots, rarement des phrases), lui offrait un autre statut, en lui accordant une responsabilité nouvelle. Elle était ma voix, mon élocution disparue, mes mots enfuis. Je la laissais conduire la vie quotidienne.

Elle avait à cœur de me réapprendre à parler, persuadée que j'avais été privée du langage par quelque tour de sorcellerie dont elle ignorait le principe mais qu'elle cherchait à court-circuiter en pratiquant elle-même de nombreuses passes de magie et l'imposition sur mes lèvres de jus d'herbe, bave de limace et diverses mixtures de sa composition, toutes plus écœurantes les unes que les autres. Elle me faisait répéter des titres qu'elle déchiffrait dans de vieux exemplaires de *Femmes d'aujourd'hui* et *Cinémonde* et auxquels je ne comprenais rien, tant sa lecture les avait déformés. Je bredouillais, docile : « perdez votre cellulose » ou « la jaune étoile a pris un bain de houle » et elle applaudissait chaleureusement en s'exclamant : « Très bien, maman chérie » sur le ton d'une institutrice pleine de sollicitude et d'un brin de condescendance envers ses petits élèves attardés. Mais ça rentrait, peu à peu, et me revenaient lentement les mots courants, dont je reconstituais pas à pas le stock dans ma mémoire, sans être encore capable de les organiser en phrases spontanées.

Nisa avait rencontré Thierry Vallet, à la boulangerie je suppose. Je ne sais comment ils s'étaient parlé, mais elle lui avait appris ce qu'elle appelait ma « maladie ». Un dimanche matin, je les vis revenir ensemble du village, un énorme bouquet de narcisses à la main. La présence de Nisa à La Varenne fit perdre au viticulteur toute réserve et n'importe quel événement devint prétexte à invitation ou à visite. Nisa allait le voir à l'improviste dans sa vigne, ou chez lui, il déposait pour elle de petits cadeaux dans la boîte aux lettres, à l'entrée du chemin. Il nous présenta le maire et l'instituteur de Saint-Loup, qui s'occupait de la classe unique du village. Nisa entra à l'école au mois de mars, après les vacances d'hiver.

Je travaillais beaucoup dans le jardin, Nisa ayant décrété qu'il fallait avoir un potager. Elle me fit planter des carottes, des choux, « pour avoir des choux pommés » déclara-t-elle, des épinards, « pour la salade de pousses », des laitues et des navets, des poireaux, des radis, des salsifis, « c'est bon pour les potions magiques », des fraisiers aussi, et des petits pois. Je bêchais beaucoup, je retournais la terre, je nettoyais les allées, désherbais les massifs, les bordures, faisais une chasse impitoyable aux limaces. J'avais acheté une tondeuse pour la pelouse, chez le marchand de cycles de la ville voisine. Je parlais un peu, lorsque j'étais toute seule, je m'exerçais, pour ainsi dire.

Nisa me lisait des histoires le soir, elle avait trouvé les albums que j'avais récupérés dans le grenier et se régalait de ces grands livres de contes, aux illustrations magnifiques, qui racontaient de jeunes pêcheurs japonais emportés au fond de la mer par une tortue jusque chez le Dragon, roi des océans, ou des fils de bûcherons ensorcelés par une isba à pattes de poulet, dans les forêts de Sibérie. Le soir, devant la cheminée, nous nous installions dans le même fauteuil et elle me faisait la lecture, très fière de son nouveau savoir. Redevenue petite enfant, je me laissais bercer par les phrases et mes paupières s'alourdissaient, je manquais m'endormir avant la fin du conte.

Nisa, serrée contre moi, embarrassée par le grand album qu'elle maintenait tant bien que mal sur ses genoux, me plantait le coude dans les côtes :

« Maman, écoute, sinon tu vas rester muette », me disait-elle, persuadée que ma rééducation passait par la répétition inlassable des mots perdus. Je ne me souciais plus de les retrouver au plus vite, je les sentais se rapprocher de moi, à pas de loup, je savourais le bonheur de vivre dans l'incessant jacassement de Nisa, qui inventait les mots qu'elle ignorait tant son désir de dire était vif. À ce titre la disparition du silence autour de moi était une garantie plus sûre que la lecture de milliers d'histoires, et je ne me lassais pas de l'entendre faire les questions et les réponses, tenir des discussions avec ses poupées et raisonner des heures durant armée de sa seule logique et de ses minces connaissances de fillette de cinq ans. En sa présence je m'habituais à un mutisme qui me permettait de reconstruire intérieurement le monde qui s'était écroulé. Privée du langage, je rebâtissais mot à mot, pierre après pierre, l'édifice qui me conduisait vers une nouvelle vie, où je passerais mes journées les mains dans la terre, à faire revivre le vieux jardin de La Varenne, et où la poésie des fleurs, des oiseaux et des arbres remplacerait celle des vers.

Je sentis les larmes monter cependant le jour de mai où Nisa me récita, debout au soleil, sous un lilas en fleur dont l'odeur m'emplissait le nez, les vers de Charles d'Orléans que j'avais tant de fois déclamés dans mon enfance.

Petit mercier, petit panier!
Pourtant si je n'ai marchandise
Qui soit du tout à votre guise,
Ne blâmez pour ce mon métier.

Je gagne denier à denier,
C'est loin du trésor de Venise;
Petit mercier, petit panier!
Pourtant si je n'ai marchandise…

Nisa s'arrêta, piétinant l'herbe d'un pied sur l'autre. « Euh… j'ai oublié, après », avoua-t-elle dans un large sourire. Moi je n'avais pas oublié. Et j'étais même capable de dire tout haut la suite :

Tandis qu'il est jour ouvrier
Le temps perds quand à vous devise
Je vais parfaire mon emprise
Et parmi les rues crier :
Petit mercier, petit panier!

Le printemps épanouissait le jardin, les iris et les pivoines étaient en fleurs, les rosiers se couvraient de centaines de boutons, Nisa rayonnait de bonheur et j'eus, l'espace d'une fraction de seconde, la sensation d'être revenue des années en arrière, lorsque nous étions venus ici avec Philippe, et que le soleil nous chauffait délicieusement, allongés dans l'herbe douce et neuve de la prairie.

DU MÊME AUTEUR

THÉODORE MONOD, Plon, 1990, Payot, 1993

VOYAGE AU TÉNÉRÉ, Plon, 1991

L'HOMME DE LA PASSERELLE, Seuil, 1992, prix du Premier roman

L'ARCHANGE PERDU, Mercure de France, 1994, prix Anna-de-Noailles de l'Académie française (Folio n° 2867)

VINGT-TROIS LETTRES D'AMÉRIQUE, Fayard, 1995

EMPORTEZ-MOI SANS ME BRISER, Fayard, 1996

LA PLUIE DES MANGUES, photographies d'Yves Gellie, Marval, 1997

AU CIEL LES NUAGES, Marval, 1998

LE JARDIN YAMATA, Stock, 1999

AU DÉSERT, Desclée de Brouwer, 2002

GEORGE ORWELL, CENT ANS D'ANTICIPATION, Stock, 2003

J'AI NOM SANS BRUIT, Stock, 2004 (Folio n° 4427)

Composition Interligne
Impression Maury
à Malesherbes, le 10 août 2006
Dépôt légal : août 2006
Numéro d'imprimeur : 122730

ISBN 2-07-030764-6./Imprimé en France.

134999